Sous le pseudonyme de Nicolas Barreau se cache un auteur franco-allemand qui travaille dans le monde de l'édition. Il est l'auteur aux Éditions Héloïse d'Ormesson du *Sourire des femmes* (2014), best-seller publié à ce jour dans trente-six pays, de *Tu me trouveras au bout du monde* (2015) et de *La Vie en Rosalie* (2016).

*Paru dans Le Livre de Poche :*


Le Sourire des femmes

# NICOLAS BARREAU

# *Tu me trouveras au bout du monde*

ROMAN TRADUIT DE L'ALLEMAND
PAR SABINE WYCKAERT-FETICK

ÉDITIONS HÉLOÏSE D'ORMESSON

*Titre original :*

DU FINDEST MICH AM ENDE DER WELT
Publié par Thiele Verlag.

*On voit souvent quelque chose cent fois,*
*mille fois, avant de le voir vraiment.*

Christian MORGENSTERN

# 1

Ma première lettre d'amour se solda par une catastrophe. À l'époque, j'avais quinze ans et je manquais m'évanouir chaque fois que je voyais Lucille.

Créature venue d'une autre planète, elle avait fait son entrée dans notre école peu avant les vacances d'été. Aujourd'hui encore, des années plus tard, je revis la magie de sa première apparition devant notre classe, dans sa robe vaporeuse sans manches, bleu ciel, ses longs cheveux blond argenté encadrant son délicat visage en forme de cœur.

Elle se tenait paisiblement, bien droite, souriante, nimbée de lumière, tandis que notre professeur, Mme Dubois, promenait un regard scrutateur à travers nos rangs.

— Lucille, tu n'as qu'à t'asseoir près de Jean-Luc pour l'instant, la place est libre, déclara-t-elle finalement.

Mes mains devinrent moites. Des murmures parcoururent la classe. Quant à moi, je fixais Mme Dubois comme j'aurais fixé la bonne fée du conte.

Plus tard dans ma vie, je devais rarement savourer ce sentiment qu'on ne peut éprouver que lorsque la chance fait irruption alors qu'on n'a rien fait pour la mériter.

Lucille prit son cartable et se dirigea vers la chaise à côté de la mienne, la démarche aérienne. Du plus profond de mon cœur, je remerciais mon camarade Étienne d'avoir eu la prévoyance d'être victime d'une fracture multiple du bras.

— Bonjour, Jean-Luc, dit poliment Lucille.

Ce furent ses tout premiers mots, et l'expression franche de ses yeux clairs, d'un bleu translucide, me percuta avec la violence d'un nuage massif.

À quinze ans, j'ignorais que les nuages pèsent effectivement des tonnes, mais comment aurais-je pu m'en douter alors qu'ils flottent dans le ciel, aériens comme de la barbe à papa.

À quinze ans, j'ignorais beaucoup de choses.

Je hochai la tête, souris et tentai de ne pas rougir. Tout le monde nous regardait. Je sentis le sang me monter aux joues et entendis les garçons ricaner. Lucille me rendit mon sourire comme si elle n'avait rien remarqué, ce dont je lui fus reconnaissant. Puis elle s'installa à la place qu'on lui avait désignée, très naturellement, et sortit son cahier. J'étais figé sur ma chaise, muet de bonheur, le souffle coupé.

De cette journée de cours, je ne gardai qu'une chose en mémoire : la plus belle fille de la classe était assise à côté de moi, et quand elle s'accoudait à son bureau, j'apercevais le tendre duvet qui couvrait ses aisselles et une parcelle de peau d'un blanc troublant, menant à sa poitrine cachée sous la robe d'été.

Je traversai les jours suivants en titubant, ivre de félicité. Je n'adressais la parole à personne, je longeais la plage d'Hyères où le flot de mes sentiments venait grossir la mer, je m'enfermais dans ma chambre et j'écoutais de la musique à plein volume, tant et si bien que ma mère tambourinait à la porte et demandait si j'avais perdu la tête.

Oui, j'avais perdu la tête. Perdu la tête de la plus belle des façons. Au sens propre : plus rien n'était à sa place, à commencer par moi-même. Tout était nouveau, différent. Je constatais, avec la naïveté et l'émotion d'un garçon de quinze ans, que je n'étais plus un enfant. Je passais des heures devant le miroir, je m'étirais et m'examinais sous toutes les coutures, l'œil critique, en me demandant si cela se voyait.

J'envisageais des scènes par milliers. Inspirées par mon imagination fébrile, elles s'achevaient toujours de la même manière – avec un baiser sur la bouche rouge cerise de Lucille.

Brusquement, je brûlais d'impatience d'aller au lycée. Le matin, j'étais sur place un quart d'heure avant que le concierge n'ouvre le grand portail en fer, dans l'espoir de rencontrer Lucille seule. Pas une fois elle n'arriva trop tôt.

Je me rappelle qu'un jour, pendant un cours de maths, je fis tomber à sept reprises mon crayon sous ma chaise, juste pour approcher ma bien-aimée, la toucher d'un geste prétendument involontaire, jusqu'à ce qu'elle éloigne en gloussant ses pieds chaussés de sandales légères, pour me laisser ramasser ce que je «cherchais» à tâtons.

Mme Dubois m'avait jeté un regard sévère par-dessus ses lunettes, et exhorté à faire preuve de plus de concentration. Je m'étais contenté de sourire. Comment aurait-elle pu savoir?

Quelques semaines plus tard, un après-midi, je vis Lucille devant la librairie, en compagnie de deux filles devenues ses amies. Elles riaient et balançaient de petits sacs en plastique blanc.

Puis, hasard merveilleux, elles se séparèrent et Lucille resta plantée devant la vitrine, à regarder l'étalage. Je glissai les mains dans les poches de mon pantalon et me dirigeai vers elle, la démarche nonchalante.

— Salut, Lucille, fis-je sur le ton le plus normal possible, et elle se retourna, surprise.

— Oh, Jean-Luc, c'est toi. Qu'est-ce que tu fais ici?

— Bah… – Je me mis à gratter le revêtement du trottoir avec ma basket droite. – Rien de particulier. Je traîne dans le coin. – Fixant son sac, je réfléchissais fiévreusement à ce que je pourrais ajouter. – Tu as acheté un livre pour les vacances?

Elle secoua la tête, et ses cheveux brillants, de longs fils de soie, s'envolèrent dans l'air chaud.

— Non, du papier à lettres.

— Aha, commentai-je, et mes mains se crispèrent dans mes poches. Tu aimes bien écrire… euh… des lettres ?

Elle haussa les épaules.

— Plutôt, oui. J'ai une amie, elle habite à Paris, confia-t-elle avec une pointe de fierté.

— Oh… Génial ! bredouillai-je, avant d'afficher une grimace appréciatrice.

Pour un petit provincial, Paris était aussi loin que la lune. En ce temps-là, bien entendu, je ne savais pas encore que j'y vivrais un jour et, devenu un galeriste connaissant un certain succès, me promènerais en parfait homme du monde dans les rues de Saint-Germain.

Lucille me regarda par en dessous, tête penchée sur le côté. Ses yeux bleus scintillaient.

— Mais je préfère encore recevoir des lettres, précisa-t-elle.

On aurait dit une invite.

Ce fut sans doute l'instant qui scella ma perte. Mon regard plongé dans le sien, je n'entendis plus ce qu'elle racontait, l'espace de quelques secondes : une idée grandiose prenait forme dans mon cerveau.

J'allais écrire une lettre. Une lettre d'amour comme on n'en avait encore jamais vu. À Lucille, la plus belle de toutes !

— Jean-Luc? Hé, Jean-Luc! s'exclama-t-elle, l'air lourd de reproche, avant de faire la moue. Tu ne m'écoutes pas.

Je lui demandai de m'excuser et lui proposai d'aller manger une glace avec moi. «Pourquoi pas», répondit-elle, et nous voilà assis chez le glacier de la rue. Lucille étudia attentivement la carte plastifiée qui proposait un choix assez modeste, la parcourut du haut vers le bas, puis du bas vers le haut, et choisit finalement une «coupe mystère».

Étonnante, la précision avec laquelle on se rappelle plus tard ces détails futiles. Pourquoi la mémoire retient-elle ces choses insignifiantes? À moins qu'elles n'aient, en fin de compte, une signification qui ne se dévoile pas d'emblée? Quoi qu'il en soit, je ne me souviens pas de la glace que je commandai ce jour-là.

La coupe mystère, association de glace à la vanille et de glace à la noisette servie dans un pot en plastique se terminant en pointe quand vous attendiez devant le congélateur coffre, était élégamment présentée dans une coupe en métal argenté quand vous vous installiez sur place.

Certes, le tout paraissait plus prometteur qu'il ne l'était en réalité – mais qu'est-ce qui n'aurait pas paru prometteur en cet après-midi d'été? L'air embaumait le romarin et l'héliotrope, et Lucille, assise devant moi dans sa robe blanche, creusait sa glace avec enthousiasme, armée d'une longue cuillère. Elle poussa un cri de ravissement en atteignant le premier des grands mystères, une couche de meringue, puis la boule de chewing-gum rouge qui se cachait tout au fond.

Elle tenta d'attraper cette dernière et un fou rire nous prit, parce que la petite chose glissante roulait sans cesse en dehors de la cuillère, jusqu'à ce que Lucille plonge avec détermination les doigts dans la coupe et fourre la boule dans sa bouche avec un « Voilà ! » triomphant.

Je la regardais, fasciné. Lucille déclara avec exubérance que c'était la meilleure glace depuis longtemps, avant de faire éclater une énorme bulle de chewing-gum rose.

Ensuite, alors que je la raccompagnais chez elle et que nous marchions côte à côte sur les sentiers poussiéreux des Mimosas, il m'apparut presque qu'elle m'appartenait déjà.

Le dernier jour d'école, avant que ne commencent les interminables vacances d'été, je glissai ma lettre dans le cartable de Lucille, le cœur battant. Je l'avais écrite avec l'ardeur innocente d'un garçon qui se juge adulte alors qu'il en est encore très loin. J'avais cherché des comparaisons poétiques pour décrire la dame de mes pensées, j'avais couché mes sentiments sur le papier avec beaucoup de passion, employé tous les serments qui existent, assuré Lucille de mon amour éternel, élaboré des visions d'avenir audacieuses, sans oublier une proposition très concrète : je l'invitais à m'accompagner au tout début des vacances sur l'île de Porquerolles, la plus grande des trois îles d'Hyères – une excursion romantique, en bateau, dont j'attendais beaucoup. Ce soir-là, sur une plage déserte, je lui offrirais la bague en argent achetée la veille avec l'argent de poche que j'avais soutiré, avant l'heure, à ma généreuse mère. Puis – enfin ! – viendrait le baiser que je désirais tant, scellant notre jeune amour. Pour toujours et à jamais.

*Je dépose donc mon cœur brûlant dans tes mains. Je t'aime, Lucille. Réponds-moi vite s'il te plaît !*

J'avais réfléchi pendant des heures à la manière de conclure la lettre. J'avais d'abord rayé la dernière phrase de mon brouillon, mais mon impatience avait pris le dessus. Non, je ne voulais pas attendre une seconde de plus que nécessaire.

Aujourd'hui, quand je repense à tout cela, je ne peux m'empêcher de rire. Pourtant, j'ai beau souhaiter m'élever au-dessus du garçon exalté d'autrefois, il me reste une pointe de regret, je l'avoue.

Parce que j'ai changé, comme nous changeons tous.

Cependant, par cette chaude journée d'été qui avait débuté avec tant d'espoir et devait s'achever si tragiquement, je priais pour que Lucille me retourne mes sentiments démesurés. Une prière purement rhétorique : au fond de mon cœur, j'étais absolument sûr de mon affaire. Après tout, j'étais le seul garçon de la classe avec qui Lucille avait mangé une coupe mystère.

J'ignore pourquoi, cet après-midi-là, il fallut que j'aille traîner près de la maison de Lucille. Peut-être le cours des choses aurait-il été différent si, plein d'impatience, empli d'un désir ardent, mes pas ne m'avaient pas entraîné vers Les Mimosas.

Je tournais dans le sentier le long duquel courait un vieux mur de pierres sèches, envahi par des buissons de mimosa odorants, lorsque j'entendis le rire de Lucille. Je m'arrêtai net. Protégé par le mur rugueux, je me dressai sur la pointe des pieds.

C'est alors que je les vis. Lucille était allongée sur le ventre, sur une couverture étendue sous un arbre, ses deux amies de part et d'autre. Toutes trois gloussaient et je pensai encore, avec une certaine indulgence, que les filles pouvaient parfois être bêtes. Puis je remarquai que Lucille tenait quelque chose en main. Une lettre. Ma lettre !

Je restai immobile, caché derrière des cascades de mimosa. Les mains agrippées au mur chauffé par le soleil, je me refusais à percevoir l'image qui se gravait sur ma rétine avec une impitoyable clarté.

C'était néanmoins la réalité, et la voix claire de Lucille, qui s'élevait à l'instant, m'entailla le cœur comme un éclat de verre.

— Écoutez-moi ça : je dépose donc mon cœur brûlant dans tes mains, lut-elle en appuyant exagérément sur chaque mot. C'est à hurler, non ?

Les trois filles se remirent aussitôt à glousser ; prise d'un fou rire, une des amies roula sur le dos, se tint le ventre et s'écria :

— Au feu, les pompiers, ça brûle, ça brûle ! Au secours, au secours !

Incapable de bouger, je fixais Lucille qui, avec la cruauté la plus enjouée, était sur le point de livrer allègrement mon intimité la plus chère, me trahir, m'anéantir.

Tout en moi brûlait ; pourtant, je ne m'enfuis pas en courant. Un désir de perte autodestructeur s'était emparé de moi, je voulais tout entendre, jusqu'à l'amère conclusion.

Les trois filles s'étaient remises de leur accès de gaieté. Celle qui avait crié aux pompiers arracha la lettre des mains de Lucille.

— Pas permis d'écrire comme ça ! s'exclama-t-elle. C'est tellement pompeux ! Tu es la mer qui déferle sur moi, tu es la plus belle rose de mon… buisson ? Oh là là, qu'est-ce qu'il veut dire ?

Les amies s'esclaffèrent et je rougis de honte.

Lucille reprit la lettre et la replia. Manifestement, l'ensemble du contenu avait été exploité et on s'était assez amusé.

— Allez savoir où il a copié ça, fit-elle avec condescendance. Notre petit prince des poètes.

J'envisageai un moment de quitter ma cachette pour me ruer sur elle, la secouer, l'apostropher et lui demander des explications, mais un élan de fierté me retint.

— Alors ? demanda l'autre en se redressant. Qu'est-ce que tu vas faire ? Tu veux sortir avec lui ?

Lucille jouait avec ses cheveux de fée et je me tenais là, le souffle coupé, dans l'attente de mon arrêt de mort.

— Avec Jean-Luc ? répondit-elle en allongeant chaque syllabe. Tu es dingue ? Qu'est-ce que j'irais faire avec lui ? – Et comme si cela ne suffisait pas, elle ajouta : – C'est encore un enfant ! Je n'ai pas envie de savoir comment il embrasse, beurk !

Elle se secoua et les filles poussèrent des cris stridents.

Lucille rit, un rire un peu trop sonore et aigu – voilà ce que j'eus encore le temps de penser avant de tomber, de m'abîmer dans les profondeurs à la manière d'un Icare.

J'avais voulu toucher le soleil et je m'étais brûlé. Ma douleur était vertigineuse.

Je m'éloignai furtivement, parcourus le trajet inverse en chancelant, étourdi par le parfum des mimosas et la méchanceté des filles.

Aujourd'hui encore, l'odeur du mimosa réveille en moi des sensations désagréables, mais à Paris, on rencontre cette plante délicate tout au plus chez les fleuristes.

Les mots de Lucille martelaient mes oreilles. Je ne remarquai même pas que des larmes coulaient sur mes joues. J'allais de plus en plus vite, et finalement, je me mis à courir.

Ainsi s'acheva la petite histoire de mon premier grand amour : le même jour, la bague en argent atterrissait au fond de la Méditerranée. Je l'avais lancée, avec toute la rage et l'impuissance de mon âme blessée, dans les eaux bleu clair qui – je m'en souviens parfaitement – avaient alors la couleur des yeux de Lucille.

En ces heures sombres, qui contrastaient si douloureusement avec cette radieuse journée, je jurai – avec la mer éternelle pour seul témoin, peut-être aussi quelques poissons qui écoutèrent, impassibles, les paroles d'un jeune homme furieux – de ne plus jamais écrire de lettre d'amour.

Quelques jours plus tard, nous nous rendions à Sainte-Maxime, chez la sœur de ma mère, pour y passer les vacances d'été. À la rentrée, ce bon vieux Étienne, sorti de convalescence, retrouvait sa place à côté de moi.

Lucille, ma superbe traîtresse, me salua, peau bronzée et sourire en coin. Elle m'expliqua que l'excursion sur l'île de Porquerolles était malheureusement tombée à l'eau, parce qu'elle avait déjà d'autres projets. L'amie de Paris, blablabla. Ensuite, j'étais parti. Elle me regardait, la mine innocente.

— C'est bon, fis-je brièvement en haussant les épaules. C'était juste une idée comme ça.

Puis je tournai les talons et la laissai avec ses amies. J'étais adulte.

Je n'ai parlé à personne de ma terrible expérience, pas même à mes parents préoccupés qui, les premiers jours, me trouvèrent allongé sur mon lit, fixant le plafond, chaque fois qu'ils entraient dans ma chambre. À tour de rôle, ils tentèrent de me consoler, sans chercher à m'arracher mon secret, ce dont je leur suis reconnaissant, aujourd'hui encore.

« Ça passera, disaient-ils. Dans la vie, il y a toujours des hauts et des bas, tu sais ? »

Un jour – aussi incroyable que cela paraisse –, la douleur s'atténua bel et bien, et je retrouvai ma gaieté.

Depuis cet été-là, cependant, je nourris avec les mots écrits un rapport quelque peu ambivalent. Quand il s'agit d'amour, en tout cas. Peut-être est-ce pour cette raison que je suis devenu galeriste. Je gagne mon pain en vendant des tableaux, j'aime la vie, je suis très porté sur les jolies femmes et j'habite en parfaite intelligence avec mon fidèle dalmatien Cézanne, dans un des quartiers les plus prisés de Paris. Les choses n'auraient pu mieux tourner.

J'ai respecté mon serment de ne plus jamais écrire de lettre d'amour, qu'on ne m'en tienne pas rigueur.

Je l'ai respecté jusqu'à… oui, jusqu'à ce qu'il m'arrive cette histoire stupéfiante, près de vingt ans plus tard, jour pour jour.

Une histoire qui débuta voici quelques semaines avec un courrier des plus étranges, que je trouvai un matin dans ma boîte. C'était une lettre d'amour, et elle allait mettre sens dessus dessous ma vie bien tempérée.

## 2

Je regardai ma montre. Plus qu'une heure. Marion était en retard, comme d'habitude.

Je passai soigneusement les panneaux en revue et redressai *Le Grand Rouge* – une immense composition rouge constituant la pièce maîtresse du vernissage qui devait débuter à dix-neuf heures trente.

Affalé dans un canapé blanc avec un verre de vin, Julien tirait déjà sur sa onzième cigarette.

Je m'installai près de lui.

— Alors, excité ?

Il balançait d'avant en arrière son pied droit, chaussé d'une Vans à carreaux.

— Et comment, mec, qu'est-ce que tu crois ? – Il prit une profonde bouffée, puis la fumée s'éleva devant son beau visage juvénile. – C'est quand même ma première vraie exposition.

Sa franchise était toujours aussi désarmante. Avachi au milieu des coussins, avec son banal tee-shirt blanc, son jean et ses cheveux blonds coupés court, il m'évoquait un peu Blinky Palermo jeune.

— Ça va marcher, annonçai-je. J'ai déjà vu pires croûtes.

Ma réflexion le fit rire.

— Mec, tu sais motiver tes troupes !

Il écrasa sa cigarette dans le lourd cendrier en verre posé sur la table d'appoint, et bondit. Tel un tigre, il longea les murs de la galerie, fit le tour des panneaux et considéra ses grands formats aux couleurs vives.

— Hé, pas si mal, conclut-il avant de retrousser les lèvres et de faire quelques pas en arrière. Il aurait juste fallu qu'on ait plus de place, ça aurait mis le tout encore plus en valeur. – Il commença à brasser l'air avec de grands gestes théâtraux. – Place… Surface… Espace.

Je bus une gorgée de vin et m'adossai aux coussins.

— Oui, oui. La prochaine fois, on privatisera le Centre Pompidou, ironisai-je.

Je repensai à la première apparition de Julien dans ma galerie, quelques mois plus tôt. C'était le dernier samedi avant Noël, Paris étincelait, tout de blanc et d'argent, on ne faisait pas la queue devant les musées, chacun était pris dans la course aux cadeaux et mon carillon avait retenti toute la journée.

J'avais vendu trois tableaux assez chers, pas même à des clients fidèles ; manifestement, la fête imminente attisait chez mes concitoyens le désir de posséder une œuvre. Toujours est-il que je m'apprêtais à plier boutique lorsque Julien avait surgi dans l'entrée de la Galerie du Sud, ainsi que j'avais baptisé mon petit temple de l'art, rue de Seine.

Je n'étais pas enchanté, vous pouvez me croire. Pour un galeriste, rien de plus assommant que les barbouilleurs du dimanche qui déboulent sans avoir rendez-vous, ouvrent leur carton à dessin et veulent vous montrer ce qu'ils tiennent pour de l'art contemporain. Hormis de modestes exceptions, ils se prennent tous pour le nouveau Lucian Freud, au moins.

C'est à Cézanne que je dois d'avoir, malgré tout, engagé la conversation avec ce jeune homme, casquette enfoncée sur le front, sur qui je fonde désormais de grands espoirs.

Comme je l'ai déjà évoqué, Cézanne est mon chien, un dalmatien de trois ans extrêmement joueur. On le devinera, bien que l'art contemporain m'occupe jour après jour, je nourris une passion pour le peintre du même nom, ce génial précurseur de la modernité. Ses paysages sont inégalés à mes yeux et mon plus grand bonheur serait de posséder un authentique Cézanne, quand bien même ce serait le plus riquiqui.

Je voulais donc éconduire Julien sur le pas de la porte lorsque Cézanne s'était rué hors de l'arrière-boutique en aboyant, avait dérapé sur le parquet et sauté sur le jeune homme en parka dont il s'était mis à lécher les mains avec enthousiasme, en gémissant légèrement.

— Cézanne, aux pieds ! avais-je sifflé.

Mais Cézanne ne m'écoutait pas, pour changer. Il est malheureusement très mal élevé.

Peut-être est-ce un certain embarras qui m'avait poussé à prêter l'oreille à l'inconnu.

—J'ai commencé en banlieue en graffant, avait-il souri. C'était dingue, on levait le camp en pleine nuit et on bombait. Des ponts d'autoroute, des usines désaffectées, des murs d'école, même un train une fois. Mais maintenant je peins sur toile !

Un tagueur, il ne manquait plus que cela ! J'avais ouvert avec un soupir le carton qu'il me tendait, et feuilleté le pêle-mêle coloré d'esquisses, de graffitis et de photographies de ses tableaux. Il n'avait pas un mauvais coup de patte.

— Alors ? s'était-il enquis avec empressement, en grattant la nuque de Cézanne. Qu'est-ce que vous en pensez ? Les toiles sont bien plus convaincantes en taille réelle – je ne peins que des grands formats.

J'avais hoché la tête, puis une oeuvre intitulée *Cœur de fraise* avait attiré mon regard. On y voyait un cœur tout en longueur, qui présentait en son milieu un creux à peine perceptible. Niché dans un arrière-plan de feuilles vert foncé, il arborait la surface texturée d'une fraise et comptait au moins trente nuances de rouge. J'avais visionné un jour un enregistrement numérique du palpitant de mon ami Bruno, médecin et hypocondriaque déclaré. (Diagnostic ? Il était en parfaite santé !) Effective-ment, ce muscle vital s'apparentait plus à un fruit proche de la fraise qu'aux petits cœurs qu'on rencontrait dessinés un peu partout.

En tout cas, le «cœur» figuré par l'artiste avait un rendu tellement organique qu'on ne savait pas si on entendait les pulsations de la fraise ou si on préférait mordre dedans. La représentation vivait, et plus je la regardais, plus elle me plaisait.

— Celle-ci me semble intéressante, avais-je indiqué en tapotant la photo. J'aimerais voir l'original.

— OK, pas de problème. Bon, elle fait quand même deux mètres sur trois. Elle est accrochée dans mon atelier. Passez quand vous voulez. Ou alors je vous l'apporte ? C'est pas un problème non plus. Je peux vous l'apporter aujourd'hui !

— Bonté divine, non ! – J'avais ri, mais son ardeur me touchait. – C'est de l'acrylique ? avais-je demandé, pour couper court à une éventuelle sensiblerie.

— Non, de l'huile. Je n'aime pas la peinture acrylique. – Il avait fixé un moment la photographie, et sa mine s'était assombrie. – Je l'ai peinte quand ma petite amie s'est barrée. – Il s'était frappé la poitrine de la main gauche. – Tu parles d'une douleur !

— Et… PASS, c'est vous ? m'étais-je enquis en indiquant la signature, sans m'appesantir sur son aveu.

— Oui, mec. C'est moi !

J'avais consulté sa carte de visite et haussé les sourcils.

— Julien d'Ovideo ? avais-je énoncé lentement.

— Oui, c'est comme ça que je m'appelle. Mais je signe PASS. Ça remonte à ma période tags, vous pigez ? Pas d'Art Sans Surface. – Il avait eu un large sourire. – C'est toujours ma devise.

Une heure plus tard que prévu, je fermais la porte de ma galerie, non sans avoir promis à Julien de passer à son atelier pour l'année nouvelle.

— Mec, cool, c'est mon plus beau cadeau de Noël, sérieux, avait-il fait en me quittant.

Je lui avais serré la main et il était monté sur son vélo, puis j'avais descendu la rue de Seine avec Cézanne, histoire de manger un morceau à la Palette.

Un des premiers jours de janvier, j'étais bel et bien allé rendre visite à Julien d'Ovideo dans son atelier quelque peu délabré de la Bastille. J'avais examiné son travail, réellement remarquable, et fini par emporter le *Cœur de fraise* que j'avais accroché dans ma galerie, à l'essai.

Deux semaines plus tard, Jane Hirstman, une collectionneuse américaine comptant parmi mes meilleurs clients, se plantait devant et poussait de bruyants cris d'enthousiasme.

— *It's amazing, darling ! Just amazing !*

Elle avait secoué ses boucles rouge feu, qui partaient dans tous les sens et lui donnaient une allure théâtrale, fait un pas en arrière et considéré la toile quelques minutes, yeux plissés.

— C'est la défense de la passion dans l'art, avait-elle finalement déclaré, et ses énormes créoles en or avaient oscillé à chaque mot. *Wow! I love it, it's great!*

Pour être grand, le tableau était grand. Avec le temps, j'avais compris que Jane Hirstman était fan des grands formats, un engouement qui ne constituait toutefois pas un critère suffisant quand il était question d'acheter – elle qui, au cours de ces dernières années, avait tout de même acquis quelques tableaux, et non des moindres, de la Wallace Foundation.

Elle s'était tournée vers moi.

— Qui est ce PASS? avait-elle demandé, le regard à l'affût. J'ai raté quelque chose? Il y en a d'autres à voir?

J'avais secoué la tête, amusé. Presque tous les collectionneurs que je connais ont tendance à s'emballer dès qu'il s'agit d'être le premier à découvrir un nouveau talent.

— Je ne vous cacherais jamais rien, ma chère Jane! C'est l'œuvre d'un jeune artiste parisien, Julien d'Ovideo. Je le représente depuis peu, avais-je expliqué, et j'avais décidé de faire signer sans tarder un contrat à Julien. PASS est l'acronyme de sa conception : Pas d'Art Sans Surface.

— Aaah, s'était-elle extasiée. *Pas d'Art Sans Surface.* C'est bon, c'est très bon. – Elle avait eu un hochement de tête approbateur. – L'art a besoin de surface, et les sentiments ont besoin d'espace, voilà! Julien d'O… quoi? Bon, peu importe…

Vous devez faire quelque chose avec celui-là, Jean-Luc. Faites quelque chose avec lui, je vous dis, ce type a un sacré avenir ! Mon nez me picote !

Quand Jane Hirstman impliquait son nez, vraiment grand, du reste, il fallait la prendre au sérieux. Elle avait déjà flairé certaines toiles qui s'étaient ensuite négociées à prix d'or.

— *How much ?* avait-elle demandé, et j'avais indiqué un montant largement exagéré.

Jane avait acheté le *Cœur de fraise* le jour même, en déposant sur la table une somme considérable en dollars.

Julien avait exulté lorsque je lui avais rapporté la nouvelle. Il m'avait serré spontanément contre lui avec ses mains barbouillées de peinture, dont les empreintes sont désormais immortalisées sur mon beau pull-over en cachemire bleu clair (mon préféré, hélas). Mais, qui sait, il est possible que ce pull banal acquière un jour une valeur extravagante – comme une sorte de *ready-made*, témoignant d'un moment de béatitude dans la vie d'un peintre. À une époque où tout peut être art et où même des boîtes de conserve remplies des excréments d'un artiste italien, de la *Merda d'Artista,* sont vendues aux enchères à Milan par Sotheby's, pour des montants astronomiques, je ne l'exclus pas.

Toujours est-il que, cette heureuse soirée de janvier là, j'avais bu quelques verres avec Julien dans son atelier dépourvu de chauffage. Une paire d'heures après, nous nous tutoyions et nos pas nous entraînaient dans un bar.

Le lendemain, l'artiste prometteur était entré dans la Galerie du Sud avec une jolie gueule de bois, et nous avions programmé l'exposition «Pas d'Art Sans Surface», qui devait maintenant être inaugurée dans moins d'un quart d'heure.

Où était passée Marion ? Depuis qu'elle avait ce petit ami motard, on ne pouvait plus compter sur elle. La jeune femme, qui avait étudié l'art, faisait un stage dans ma galerie. Elle était vraiment douée, par bonheur pour elle, parce que l'envie de la flanquer à la porte m'avait déjà sérieusement démangé.

Mâcheuse de chewing-gum impénitente, Marion organisait les manifestations les plus compliquées et mettait tous les clients dans sa poche. J'étais moi aussi incapable de me soustraire à son charme nonchalant.

Des pétarades retentirent dehors. Un instant plus tard, la porte s'ouvrait brusquement et Marion en franchissait le seuil, vêtue d'une robe en velours noir scandaleusement courte, perchée sur des talons hauts.

— Me voilà ! s'exclama-t-elle, rayonnante, un rouge traître aux pommettes, avant de remettre en place le large serre-tête disciplinant ses longs cheveux blonds.

— Marion, un de ces jours, je vais te virer ! m'emportai-je. Tu ne devais pas être ici il y a une heure ?

Souriante, elle ôta une peluche blanche de ma veste sombre.

— Aaah, Jean-Luc, t'énerve pas, allez. Tout roule, déclara-t-elle en faisant claquer un baiser bref sur ma joue, puis elle murmura : Ne sois pas fâché, ce n'était vraiment pas possible plus tôt.

Ensuite, elle donna quelques instructions aux filles embauchées par le traiteur, demanda : « Mais qu'est-ce que vous avez fabriqué ? » et arrangea le gigantesque bouquet qui ornait l'entrée, jusqu'à ce qu'il satisfasse à sa sensibilité esthétique.

Lorsque je vis les premiers invités monter ou descendre sans hâte la rue de Seine, je me tournai vers Julien.

— *Showtime,* c'est parti.

Les serveuses versèrent le champagne dans les verres et je rajustai mon foulard en soie, un accessoire bien plus agréable que ces cravates oppressantes et qui me vaut, de la part de mes amis, le surnom de Jean-Duc. Cela ne m'empêche pas de dormir.

Je regardai autour de moi. Julien se tenait adossé au mur du fond de la galerie, les mains dans les poches de son pantalon, son inévitable casquette enfoncée bien bas.

— Viens par ici ! C'est ta fête.

Il haussa les épaules et s'approcha sans empressement, à la manière d'un James Dean.

— Et, s'il te plaît, enlève cette casquette, à la fin.

— Qu'est-ce que tu as contre elle, mec ?

— Tu es obligé de te cacher ? Tu n'es plus un tagueur de banlieue et tu ne joues pas non plus au streetball.

— Hé, qu'est-ce qui te prend ? Tu t'es transformé en bourge, d'un coup ? Après tout, Beuys avait aussi son…

— Beuys n'était pas aussi beau gosse que toi, loin de là, l'interrompis-je. Allez, fais plaisir à ton vieux mécène !

Il ôta sa casquette à contrecœur et la balança derrière un canapé. J'ouvris la porte en verre, inspirai profondément l'air tiède de mai et accueillis les premiers invités.

Deux heures plus tard, je savais que le vernissage était un succès. La galerie était pleine de gens qui s'amusaient royalement, buvaient du champagne, confortablement installés dans les canapés, ou donnaient leur avis devant les œuvres exposées, avant de glisser du bout des doigts un petit-four dans leur bouche. Toute la tribu des amateurs d'art était venue, trois rédacteurs culture, les bons clients – et quelques nouveaux visages.

Il régnait, dans les deux pièces, un brouhaha assourdissant, Amy Winehouse chantait «*I told you I was trouble*» en fond sonore et la femme du *Figaro* était dingue de Julien, de toute évidence.

Il y avait déjà des demandes de renseignements pour *Le Grand Rouge* et *L'Heure bleue,* un nu féminin monumental qui ne se détachait qu'au second coup d'œil du bleu nuit de la composition générale.

L'ambiance était bonne, seul Bittner, un collectionneur très influent qui possédait une galerie à Düsseldorf et participait à l'organisation d'Art Cologne, ergotait. Typique !

Nous nous connaissions depuis de nombreuses années et, comme toujours quand il venait à Paris, j'avais réservé pour lui au Duc de Saint-Simon et veillé à ce qu'il obtienne sa chambre préférée. Étant donné que je logeais souvent des clients étrangers dans cet hôtel, j'avais de bons rapports avec la réception, surtout depuis que Luisa Conti, la nièce du propriétaire dont la famille habitait à Rome, y travaillait.

— M. Kört Wittenär ? avait-elle lancé à l'autre bout du fil, comme s'il s'agissait d'un extraterrestre.

— Karl, avais-je corrigé dans un soupir, Karl. Et c'est Bittner avec un « B » !

J'avais dû m'habituer au fait que Luisa Conti – qui, en dépit de son jeune âge, était un exemple d'élégance impeccable avec son tailleur sombre et ses lunettes Chanel noires – avait le sympathique travers de confondre ou déformer régulièrement les noms de ses clients.

— Aaah, entendu ! M. Charles Bittenär ! Pourquoi ne pas l'avoir dit tout de suite ? – J'avais perçu le léger reproche dans sa voix et m'étais retenu de faire une remarque. – La chambre bleue… Un instant… Eh bien, cela peut se faire.

J'imaginais déjà Mlle Conti : assise derrière son secrétaire, les doigts tachés d'encre, elle couchait consciencieusement le nom de Charles Bittenär dans le livre des réservations, avec son stylo plume Waterman vert foncé qui avait tendance à baver comme tous les Waterman. Une vision qui m'avait fait sourire.

Mon rapport à Bittner était ambivalent. Au fond, j'aimais bien cet homme, qui avait une dizaine d'années de plus que moi et donnait l'impression de venir d'un pays méditerranéen avec ses cheveux foncés, mi-longs. Mais en mon for intérieur, je craignais de me distinguer défavorablement par rapport à lui. J'admirais la cohérence de ses choix, la sûreté de son flair, et je détestais son arrogance parfois insupportable. Et puis, je l'enviais pour les deux *Yellow Cab* de Fetting et le tableau de Rothko qu'il possédait.

Il se tenait devant *Unique au monde,* une toile présentant de grands à-plats de bleu et de vert, et grimaçait comme s'il venait de mordre dans un citron.

— Je ne sais pas, l'entendis-je dire à la brune qui se tenait près de lui, ce n'est pas… bien réalisé. Vraiment pas bien réalisé.

Karl Bittner parle couramment français, et je hais ses phrases assassines.

La dame inclina la tête sur le côté.

— Moi, je trouve qu'elle a quelque chose, déclara-t-elle, songeuse, avant de prendre une gorgée de champagne. Vous ne sentez pas cette… harmonie ? Ça m'évoque l'affrontement pacifique de la terre et de la mer. Ça me semble très authentique.

Bittner parut hésiter.

— Mais est-ce aussi innovant ? répliqua-t-il. Que signifie cette fuite dans le monumental ?

Je décidai d'intervenir.

— Ma foi, c'est le privilège de la jeunesse – tout doit être grand et audacieux. Je me réjouis que vous ayez pu venir, Karl. Vous vous amusez, à ce que je vois.

Je portai mes regards sur la dame, vêtue d'un tailleur crème. Ses prunelles bleues offraient un contraste sensationnel avec ses cheveux noirs.

— Enchanté ! déclarai-je en m'inclinant devant elle.

Avant que la beauté brune ne puisse répondre, j'entendis une voix crier mon nom avec exaltation.

— Jean-Duc, ah, Jean-Duc, mon très cher ami !

Aristide Mercier, professeur de littérature à la Sorbonne, extrêmement élégant, comme toujours, avec son gilet canari, traversait la pièce comme s'il flottait au vent.

Aristide est l'unique homme que je connaisse à qui le jaune canari donne une allure distinguée. Ses yeux caressèrent un instant mon foulard, admiratifs, puis il déposa un baiser sur chacune de mes joues.

— Oh, très chic ! Etro, non ? s'enquit-il, avant de reprendre, sans attendre la réponse : Mon cher Duc, c'est absolument dément, tout bonnement *super* !

Le langage d'Aristide est nourri de superlatifs et de points d'exclamation. Aujourd'hui encore, il regrette profondément que mon penchant naturel me porte vers le «faux» sexe. («Un homme de *ton* goût, c'est d'une tristesse ! »)

— Heureux de te voir, Aristide ! m'exclamai-je en lui donnant une tape amicale sur l'épaule.

J'estime ce vieil ami, même si nous ne formerons jamais un couple. Il a un humour merveilleux, et l'aisance avec laquelle il navigue entre littérature, philosophie et histoire ne cesse de m'épater. Son enseignement est énormément apprécié. Il accueille les retardataires en leur serrant la main *coram populo,* et il affirme qu'il lui suffit que ses étudiants rapportent chez eux trois phrases d'un cours magistral.

Aristide sourit.

— On dirait que vous avez fait connaissance ? Non ? fit-il en passant un bras autour de l'inconnue, qui devait être venue avec lui. C'est ma chère Charlotte ! Charlotte, je te présente le maître des lieux, mon vieil ami et galeriste préféré, Jean-Luc Champollion.

Naturellement, il ne s'était pas privé d'indiquer mon nom de famille.

La beauté brune me tendit une main chaude et ferme.

— Champollion ? s'étonna-t-elle, et je savais déjà ce qui allait suivre. Comme *le* Champollion, le célèbre égyptologue qui a déchiffré la…

— Oui, précisément, glissa Aristide. N'est-ce pas grandiose ? C'est un ancêtre de Jean-Luc !

Aristide rayonnait. Bittner eut un sourire moqueur, Charlotte haussa des sourcils joliment arqués, et je fis un geste évasif.

— Nous sommes très vaguement parents, pas de quoi en faire tout un plat.

Mais, quoi que je puisse dire, l'intérêt de la dame pour ma personne était éveillé ; elle ne me quitta plus d'une semelle de toute la soirée et me confia, après la quatrième coupe de champagne, qu'elle était l'épouse d'un homme politique et s'ennuyait à mourir.

Peu après vingt-trois heures, lorsque les derniers invités s'en allèrent, nous n'étions plus que quatre : Bittner, Julien, moi – et une Charlotte plutôt éméchée.

— Et qu'est-ce qu'on fait maintenant ? piailla-t-elle avec enthousiasme.

Bittner proposa de prendre un dernier verre dans le petit bar tranquille du Duc de Saint-Simon. Ceci présentait l'avantage qu'il pourrait, ensuite, monter directement dans sa chambre.

Je lui laissai la place à l'avant du taxi et me coinçai à l'arrière avec Julien et Charlotte. Tandis que nous montions le boulevard Saint-Germain à bonne allure, je sentis soudain un tendre contact. C'était la main de Charlotte qui s'aventurait le long de ma jambe. Je ne voulais rien d'elle ; pourtant, ses doigts tâtonnants me troublèrent.

Je coulai un regard en direction de Julien. Mais celui-ci, rendu euphorique par le succès qu'il avait obtenu ce soir-là, s'était penché en avant et s'entretenait, excité, avec Bittner.

Charlotte m'adressa un sourire de conspiratrice. Peut-être était-ce une erreur, mais je lui rendis son sourire.

À la réception du Saint-Simon, le portier de nuit, un Tamoul vêtu avec élégance, nous salua.

Nous descendîmes dans le bar, qui se trouve dans une vieille cave voûtée en pierre. Par chance, le barman était encore occupé à essuyer des verres. En nous voyant, il eut un signe de tête courtois. Encouragés, nous prîmes place dans les lieux, déserts. Des tableaux anciens et des miroirs aux cadres dorés étaient accrochés aux murs, des étagères de livres montaient à mi-hauteur près de confortables fauteuils recouverts de tissu, et comme chaque fois, j'étais incapable d'échapper au charme désuet de cette petite cachette dans le grand Paris.

Nous commandâmes encore une coupe de champagne et nous mîmes à fumer des cigarillos, parce que nous étions les seuls clients et que nous trouvions que nous l'avions bien mérité (le serveur fit mine de ne pas s'en apercevoir et déposa, au passage, un cendrier sur la table), nous fîmes les idiots et Julien y alla de ses histoires débridées du temps où il était tagueur. De nous quatre, Bittner riait le plus fort. Son aversion pour la monumentalité semblait s'être adoucie.

Il était près d'une heure du matin lorsque le barman demanda avec circonspection si nous souhaitions boire autre chose.

— Mais oui ! s'écria Charlotte, qui, assise à côté de moi, remuait avec entrain son pied chaussé d'un escarpin laqué de noir. Prenons un verre d'adieu, allez !

Julien approuva avec enthousiasme, lui aussi aurait fait la bringue toute la nuit, et Bittner, dont la vivacité s'était un peu émoussée depuis une demi-heure, bâilla derrière sa main. Quant à moi, je dois avouer que je commençais à me sentir fatigué. Malgré tout, je commandai une dernière tournée.

— Vos désirs sont des ordres, madame.

Charlotte n'aurait pas accepté un non, de toute façon.

Nous trinquâmes une nouvelle fois à cette belle soirée, à la vie et à l'amour, puis Charlotte renversa sa coupe de champagne, droit sur le pantalon de Bittner.

— Ah, madame, ce n'est pas grave, assura-t-il en homme du monde, avant de passer la main sur son pantalon détrempé comme s'il s'agissait juste de chasser une peluche.

Il tira toutefois sa révérence quelques minutes plus tard, impatient de pouvoir s'effondrer dans son lit.

— À plus tard ! Bonne nuit !

Il adressa des signes de tête à la ronde, et j'en profitai pour donner le signal du départ et appeler des taxis.

Lorsque le premier arriva, Charlotte tint à donner la priorité à Julien, et je me doutai qu'elle n'agissait pas sans raison. Effectivement, quand je voulus installer Madame dans le deuxième taxi, elle soutint mordicus que nous devions monter dans le même, arguant qu'elle pouvait me déposer rue des Canettes (c'est là que j'habite) et qu'elle ne voulait pas encore rentrer chez elle.

— Mais enfin…, protestai-je sans conviction, alors qu'elle me prenait par le bras avec une détermination toute féminine et m'entraînait vers le fond de la voiture. Il est déjà tard, votre mari va s'inquiéter…

Madame se contenta de glousser et se laissa tomber dans le siège.

— Rue des Canettes, s'il vous plaît ! lança-t-elle au chauffeur, puis elle me regarda d'un air malicieux. Ah… mon mari… C'est à moi de m'en soucier. À moins que *vous* soyez attendu ?

Je secouai la tête, muet. Depuis que j'avais quitté Coralie (ou m'avait-elle quitté ?), seul Cézanne m'attendait dans mon appartement, ce qui avait clairement ses avantages.

Nous empruntâmes la tranquille rue de Saint-Simon et passâmes devant la Ferme Saint-Simon, où les repas sont aussi délicieux que coûteux. Nous tournions sur le boulevard Saint-Germain, encore très animé, lorsque je sentis à nouveau la main de Charlotte escalader ma jambe. Elle me pinça tendrement et me chuchota à l'oreille que son époux assistait à un congrès, que les enfants étaient déjà grands et que la vie serait bien triste si on ne pouvait pas s'offrir de temps en temps un petit bonbon. Un tout petit bonbon !

L'esprit embrumé par l'alcool, je pressentis que je devais être ce bonbon et que la nuit était loin d'être finie.

## 3

En me réveillant le lendemain matin, j'eus la sensation d'avoir reçu un marteau sur la tête.

On finit toujours par regretter *le* verre de trop.

Je gémis et tâtonnai pour trouver mon réveil. Dix heures et quart. La journée était mal partie, très mal partie, même. M. Tang, mon client chinois féru d'art, arrivait en gare du Nord dans une heure, et j'avais promis de passer le prendre à la descente du train.

Ma première pensée fut pour lui. La seconde me ramena à Charlotte. Je me retournai et découvris un drap froissé. Pas le moindre corps de femme. Surpris, je me redressai.

Charlotte était partie, et les vêtements qu'elle avait éparpillés dans mon appartement la veille au soir, tout en chantant sans retenue, avaient disparu.

Je me laissai retomber sur mon oreiller avec un soupir et fermai les yeux. Mon Dieu, *quelle* nuit ! J'avais rarement passé avec une femme une nuit aussi courte et aussi stérile.

Vacillant, je me rendis dans la cuisine où Cézanne m'accueillit avec une impatience joyeuse, remplis un grand verre d'eau et fouillai un placard pour trouver de l'aspirine.

— C'est bon, mon vieux, c'est bon, on va dehors, lui assurai-je.

Cézanne aboya et remua la queue. «Dehors» était l'unique mot auquel il réagissait toujours. Puis il flaira mes jambes nues et pencha la tête sur le côté.

— Moui, la dame s'en est allée, confirmai-je en faisant tomber deux cachets dans le verre.

Compte tenu de mon état et du peu de temps qu'il me restait, je n'en étais pas mécontent.

En entrant dans la salle de bains, je vis, avant tout, le Post-it collé au miroir.

*Mon cher Jean-Duc,*
*Fais-tu toujours attendre les femmes jusqu'à ce qu'elles s'endorment ?*
*Tu m'es redevable d'une faveur, ne l'oublie pas !*
*À tout bientôt...*
*Charlotte*

Dessous, elle avait plaqué ses lèvres maquillées de rouge.

J'eus un large sourire, détachai le bout de papier et le jetai dans la corbeille. Effectivement, la nuit passée ne faisait pas vraiment partie des grands moments érotiques de ma vie.

Tout en me rasant, je repensais à la façon dont Charlotte était entrée dans mon appartement, titubante, avant de tomber par terre, déséquilibrée par Cézanne qui lui avait filé entre les jambes. Je m'apprêtais à l'aider à se relever lorsqu'elle avait tiré sur ma jambe de pantalon, me faisant atterrir à côté d'elle, sur le tapis.

— Quelle fougue, monsieur Champollion !

Elle avait éclaté de rire. Son visage se retrouvait brusquement tout près du mien, une proximité troublante. Charlotte avait passé les bras autour de mon cou et pressé sa bouche chaude contre la mienne. Ses lèvres s'étaient ouvertes, et soudain, cette histoire de bonbon m'avait paru plutôt tentante. J'avais enfoui mes mains dans son abondante chevelure qui embaumait Samsara et nous avions finalement réussi à gagner la chambre, en riant et en chancelant. Son tailleur crème, lui, était resté dans l'entrée.

J'avais allumé la petite lampe posée sur le chiffonnier pour baigner la pièce d'une douce lumière, et je m'étais tourné vers Charlotte. Elle ondulait des hanches de façon provocante et chantait « Voulez-vous coucher avec moi… ce soir ». Ensuite, elle avait lancé avec exubérance ses bas de soie en l'air. L'un avait flotté jusqu'au sol, l'autre était resté accroché à une photo de moi enfant, placée sur le manteau de la cheminée en marbre, déposant un charmant voile sur le visage du garçon blond aux yeux bleus, l'allure dégingandée, qui tenait fièrement son premier vélo par le guidon et riait devant l'objectif.

Charlotte, vêtue de délicats dessous cappuccino que son politicien de mari n'appréciait manifestement pas à leur juste valeur, s'était laissée tomber sur mon lit et avait tendu les bras dans ma direction.

— Viens, mon petit Champollion, avait-elle susurré. – On aurait dit qu'elle prononçait « champignon », mais je n'avais rien à objecter à son invitation. – Viens par ici, je vais te montrer la pierre de Rosette…

Elle s'était étirée sur la couverture, avait caressé son corps délié et m'avait adressé un sourire espiègle.

Comment aurais-je pu résister ? Je ne suis qu'un homme.

Si je résistai malgré tout, ce fut contre mon gré, car à l'instant où je me penchais au-dessus d'elle pour entamer mon expédition archéologique d'une main de velours, mon portable s'était mis à sonner.

J'avais tenté de faire la sourde oreille, murmuré des compliments à ma belle Néfertiti, embrassé son cou, mais la personne qui cherchait à me joindre en pleine nuit ne se décourageait pas, et la sonnerie s'était faite de plus en plus insistante.

Brusquement, j'avais eu des visions angoissantes – accidents de la route mortels, attaques cérébrales…

— Excuse-moi un instant.

En soupirant, je m'étais détaché de Charlotte qui protestait doucement, pour rejoindre le fauteuil bordeaux sur lequel j'avais négligemment abandonné veste et pantalon, et extirper mon téléphone de ma poche.

— Oui, allô ?

Une voix noyée de larmes avait répondu.

— Jean-Luc ? Jean-Luc, c'est toi ? Ce que je suis contente d'arriver à te joindre ! Pourquoi est-ce qu'il t'a fallu aussi longtemps pour décrocher ? Oh, mon Dieu, Jean-Luc !

Sanglots à l'autre bout du fil.

*Oh, mon Dieu,* avais-je pensé à mon tour. *Pas maintenant, s'il vous plaît !*

C'était Soleil. L'espace d'un instant, je m'étais maudit de ne pas avoir consulté l'affichage avant, mais ses sanglots revêtaient des accents plus dramatiques que d'habitude.

— Soleil, ma chérie, calme-toi. Qu'est-ce qui se passe ? avais-je demandé avec prudence.

Peut-être était-il réellement arrivé quelque chose, peut-être n'était-ce pas qu'une de ces crises de création qui se produisaient toujours, une fois que nous avions arrêté la date d'une exposition.

— Je n'y arrive plus, pleurait Soleil. Je ne peins que de la merde. Oublie l'expo, oublie tout ! Je déteste ma médiocrité, toutes les toiles quelconques que j'ai ici…

Un bruit métallique. On aurait dit que quelqu'un venait de donner un coup de pied dans un pot de peinture. J'avais plissé les yeux. En pensée, je voyais devant moi la créature élancée aux grands yeux sombres et aux frisettes noir de jais, ondoyant comme des flammes autour de son beau visage couleur café au lait, qui donnaient bel et bien à la jeune femme, fille unique d'une Suédoise et d'un Antillais, l'apparence d'un soleil noir.

— Soleil, avais-je imploré avec toute la puissance d'exhortation zen dont j'étais capable, sans cesser de jeter des coups d'œil nerveux vers le lit où Charlotte s'était redressée, intéressée. Soleil, c'est complètement absurde. Tu es bonne, je t'assure. Tu es… géniale, vraiment. Tu es unique en ton genre. Je crois en toi. Écoute… – J'avais un peu baissé la voix. – Le moment est mal choisi. Pourquoi ne pas aller te coucher, je passerai demain et…

— Soleil ? Qui est Soleil ? s'était enquise Charlotte à tue-tête.

J'avais entendu Soleil prendre une inspiration saccadée à l'autre bout du fil.

— Il y a une femme avec toi ? avait-elle demandé, méfiante.

— Soleil, je t'en prie, on est au beau milieu de la nuit, tu as vu l'heure ? avais-je répondu sur un ton suppliant, sans tenir compte de sa question. – J'avais fait un signe rassurant à Charlotte, avant de presser l'appareil contre mes lèvres. – On va tranquillement discuter de ça demain, d'accord ?

— Pourquoi est-ce que tu chuchotes comme ça ? avait crié Soleil, hors d'elle, puis elle s'était remise à sangloter. Bien sûr qu'il y a une femme avec toi, les bonnes femmes sont toujours plus importantes pour toi. Elles sont toutes plus importantes que moi. Je suis une moins que rien, même mon agent ne s'intéresse pas à moi. Tu sais ce que je vais faire, là, maintenant ?

Sa question planait en l'air comme une alerte à la bombe. J'avais tendu l'oreille, impuissant, cherchant à percer le terrible silence qui venait de naître.

— Je vais prendre cette peinture noire… et recouvrir toutes mes toiles !

— Non ! Attends !

J'avais adressé des signes frénétiques à Charlotte, pour lui faire comprendre que c'était une urgence et que je revenais au plus vite, et tiré la porte de la chambre derrière moi en soupirant.

Il m'avait fallu près d'une heure pour apaiser une Soleil déchaînée. Tandis que j'allais et venais fébrilement dans l'entrée, faisant grincer les lames du parquet sous mes pieds, j'avais appris qu'elle ne connaissait pas uniquement le doute existentiel que tout un chacun vivait un jour. Soleil Chabon était amoureuse, un amour non payé de retour. Impossible de lui arracher le nom de l'intéressé. Tout était sans espoir à ses yeux. Le chagrin lui ôtait l'inspiration, elle était une expressionniste et le monde ne représentait plus pour elle qu'une tombe sans fond.

Elle avait fini par se fatiguer, à force de parler. Après que ses sanglots se furent étouffés, je l'avais envoyée au lit d'une voix douce. Avec la promesse que tout irait bien et que je serais toujours là pour elle.

Il était un peu plus de quatre heures lorsque je m'étais glissé dans la chambre, les pieds échauffés. Mon invitée nocturne était étendue en travers du lit et dormait, l'air paisible, telle la Belle au bois dormant. Délicatement, j'avais poussé sur le côté une Charlotte qui ronflait légèrement.

— Dormir, avait-elle marmonné, avant de se cramponner à son oreiller et de se rouler en boule comme un hérisson.

Plus question de me montrer la pierre de Rosette. J'avais éteint la lumière, et quelques minutes plus tard, je sombrais moi aussi dans un sommeil sans rêve.

Les cachets contre le mal de crâne commençaient à faire effet. Je bus un autre expresso. Ce jeudi matin là, un jour mémorable, tout en descendant l'escalier avec Cézanne, je réalisai que je me sentais à nouveau en pleine forme.

D'aucuns prétendent que des signes annoncent toujours les bouleversements d'une vie. Qu'il suffit d'ouvrir les yeux.

« J'ai eu une drôle d'impression toute la matinée », révèlent-ils, après qu'un événement capital est arrivé. Ou : « Quand le tableau est tombé du mur, j'ai su qu'il allait se passer quelque chose. »

Je dois avouer, à ma grande honte, que je ne suis pas pourvu de ces mystérieuses antennes ésotériques, apparemment. Bien sûr, j'aimerais pouvoir affirmer, après coup, que la journée qui a mis ma vie sens dessus dessous revêtait un caractère particulier. Mais, pour faire honneur à la vérité – je ne me doutais de rien.

Je n'avais aucun pressentiment en ouvrant ma boîte aux lettres, dans l'entrée de l'immeuble. Même quand je découvris l'enveloppe bleu pâle sous quelques factures, mon sixième sens se tint coi.

Une écriture riche en courbes indiquait « À l'attention du Duc ». Je me rappelle parfaitement avoir souri avec amusement, supposant que Charlotte, ma belle évaporée, avait choisi ce moyen pour me faire parvenir un mot d'adieu. Pas un instant je n'avais songé qu'il était improbable que même les dames de la société transportent en permanence du papier vergé dans leur sac à main.

Je m'apprêtais à ouvrir l'enveloppe lorsque Mme Vernier fit son entrée, munie de son cabas.

— Bonjour, monsieur Champollion, bonjour, Cézanne, nous salua-t-elle joyeusement. Eh bien, on dirait que vous n'avez pas beaucoup dormi – la nuit a été courte ?

Mme Vernier, une voisine, habite seule un immense appartement situé au rez-de-chaussée.

Divorcée depuis trois ans et bénéficiant d'une pension très confortable, cette dame mène une existence assez décalée dans une époque toujours plus pressée, en vivant avec décontraction l'instant présent. Elle est à la recherche du mari numéro deux. C'est ce qu'elle m'a confié, en tout cas. Mais cela aussi peut attendre, naturellement.

Ce qu'il y a d'agréable avec Mme Vernier, c'est qu'elle dispose d'un temps fou, qu'elle adore les animaux et s'occupe de Cézanne chaque fois que je suis en déplacement. Ce qu'il y a de désagréable, c'est qu'elle dispose d'un temps fou et peut vous engager dans des conversations qui durent des heures alors que vous êtes pressé.

Ce matin-là aussi, elle se tenait devant moi, pimpante, et je considérais nerveusement son visage amical, bien reposé.

Était-ce une impression ou reluquait-elle l'enveloppe bleu ciel dans ma main ? Avant qu'elle ne m'entraîne dans une discussion autour des nuits blanches ou des lettres manuscrites, je fourrai mon courrier dans ma poche.

— En effet, je me suis couché plutôt tard, admis-je avant de jeter un coup d'œil à ma montre. Bonté divine, il faut que j'y aille, sinon je vais rater mon rendez-vous ! Bonne journée, madame Vernier, à plus tard !

Je me hâtai de m'éloigner, après avoir traîné Cézanne qui s'attardait à flairer les coquets souliers de Mme Vernier, et pressai le bouton commandant l'ouverture de la porte cochère.

— Une belle journée à vous aussi ! me lança-t-elle. Et n'hésitez pas à me dire quand je dois prendre Cézanne. Vous savez que j'ai du temps.

Je lui adressai un dernier signe et me dirigeai vers la Seine. Il était plus que nécessaire que Cézanne satisfasse un besoin naturel.

Vingt minutes plus tard, j'étais assis dans un taxi, en route pour la gare du Nord. Nous avions traversé le pont du Carrousel et passions à côté de la pyramide de verre, où se reflétait un soleil éclatant, lorsque le courrier de Charlotte me revint en mémoire.

Je le sortis de ma poche en souriant et ouvris l'enveloppe. La dame était tenace. Mais charmante. À l'ère du mail et du texto, une lettre manuscrite présentait un caractère démodé, assez intime, qui la rendait touchante. Exception faite des cartes postales de vacances que m'envoyaient mes amis, voilà longtemps que je n'avais pas trouvé dans ma boîte un courrier aussi privé.

Je m'adossai à mon siège et parcourus les deux pages couvertes d'une écriture aux lettres délicatement arrondies. Puis je me redressai si abruptement que le chauffeur jeta un coup d'œil curieux dans le rétroviseur central. Remarquant les feuilles de papier, il en tira ses propres conclusions.

— Tout va bien, monsieur ? s'enquit-il avec ce mélange très spécial d'intérêt franc et de connaissance presque omnisciente du genre humain qui caractérise les chauffeurs de taxi parisiens quand ils sont bien lunés.

Je hochai la tête, troublé. Oui, tout allait bien. Je tenais dans mes mains perplexes une magnifique lettre d'amour. Elle m'était destinée, sans aucun doute. Elle paraissait tout droit venue du dix-huitième siècle. Et elle n'était pas l'œuvre de Charlotte, incontestablement.

Que son auteure ne révèle pas son identité me plongeait dans le plus profond désarroi. Si je ne connaissais pas la dame, elle semblait parfaitement me connaître.

Serais-je passé à côté de quelque chose ?

*Monsieur le Duc !*

Quelle formule ! Quelqu'un se permettait-il de me faire une plaisanterie ? Certes, certains amis m'appelaient «Jean-Duc», mais qui écrivait ce genre de lettre ?

Mot après mot, comme s'il s'agissait de déchiffrer une langue secrète, mes yeux progressèrent le long des caractères bleus. Pour la première fois de ma vie, j'eus une vague idée de ce qu'avait dû ressentir mon ancêtre, l'éminent archéologue, en s'accroupissant devant la pierre de Rosette.

54

*Monsieur le Duc !*

*Mon cher, j'ignore de quelle manière commencer cette lettre qui est – je le sens avec la certitude d'une femme qui aime – la plus importante de ma vie.*

*Comment inciter vos beaux yeux bleus, qui m'ont fait entrevoir tant de merveilles, à laisser chacun de mes mots pénétrer vos pensées et vos sentiments – dans l'espoir ambitieux que ces particules d'or envolées de mon cœur se déposent doucement dans le vôtre, à tout jamais ?*

*Dès le premier regard, j'ai senti que vous étiez l'homme que j'ai toujours cherché.*

*Vous avez dû entendre ces propos une centaine de fois déjà, ils n'ont rien de très original, en vérité. En outre, j'en suis persuadée, vous savez d'expérience (une expérience non négligeable) que le «coup de foudre» cède souvent le pas à une grande désillusion après un temps affreusement court.*

*Par ailleurs – me reste-t-il ne serait-ce qu'un mot d'amour, qu'une réflexion passionnée qui n'ait déjà été écrit ou pensée ? Je crains que non.*

*Tout se répète, tout se révèle usé et peu surprenant quand on l'appréhende de l'extérieur. Pourtant, tout semble nouveau quand on l'éprouve dans sa propre chair, et d'une beauté si renversante qu'on en vient à croire qu'on a inventé l'amour.*

*Voilà pourquoi, très cher Duc, vous devez me pardonner si je convoque un autre cliché, parce que je l'ai vécu ainsi et pas autrement : la fameuse première fois.*

*Je n'oublierai jamais le jour où je vous ai aperçu pour la première fois. Votre vue qui m'a frappée tel l'éclair, un éclair qu'aucun coup de tonnerre n'avait annoncé ! Un éclair que personne d'autre ne remarqua.*

*Quant à moi, je ne parvenais pas à détacher mon regard. Votre élégance me fascina ; vos yeux clairs et étincelants me promettaient un esprit vif, votre sourire était fait pour moi – et jamais je ne vis plus belles mains d'homme.*

*Des mains dont, je l'avoue en rougissant, je rêve encore de temps à autre la nuit, les yeux grands ouverts.*

*Ce moment de félicité fut cependant quelque peu troublé, car il y avait à vos côtés une femme dont l'éclat solaire éclipsait tout le reste, et en présence de laquelle je me sentis plus qu'insignifiante. Était-ce votre femme ? Votre maîtresse ?*

*Inquiète et jalouse, je vous ai observé, cher Duc, et j'ai rapidement découvert que vous aviez toujours une belle femme à vos côtés, même si – excusez ma franchise – ce n'était pas toujours la même…*

— Sale con !

Il y eut une secousse, un crissement de pneus, et mon chauffeur évita un car de tourisme qui venait de déboîter sur notre voie à un train d'enfer. L'espace d'un instant, je me demandai s'il ne parlait pas de moi. Je hochai la tête, l'esprit ailleurs.

— Quel abruti, vous avez vu ça ? Les conducteurs de car ! Tous des abrutis qui se croient tout permis !

Le chauffeur écrasa l'accélérateur et doubla le véhicule, non sans gesticuler avec véhémence et faire des signes explicites par la vitre baissée.

— Tu te prends pour le roi du monde, hein ? lança-t-il au conducteur qui eut un geste nonchalant de la main.

Les touristes, qui avaient payé pour une visite guidée de la ville, nous regardaient depuis leur poste d'observation en hauteur, bouche bée. Ce n'était pas le genre de spectacle que vous offrait Londres ! Je les fixais comme quelqu'un qui vient de tomber sur la Terre, en provenance d'une lointaine étoile, et ne comprend rien.

Puis je baissai les yeux, je retournai sur cette planète qui m'avait mystérieusement entraîné dans son orbite et poursuivis ma lecture.

*… et j'ai rapidement découvert que vous aviez toujours une belle femme à vos côtés, même si – excusez ma franchise – ce n'était pas toujours la même…*

Je souris largement en relisant ces mots. Celle qui avait écrit cela – qui qu'elle soit – avait de l'humour.

*Il ne m'appartient pas de juger cet état de fait, cependant, ce dernier m'a encouragée à tomber* d'heure en heure un peu plus amoureuse de vous, puisque vous n'êtes manifestement pas lié.

J'ignore combien d'heures se sont écoulées depuis – elles me paraissent être des milliers, à moins que ce ne soit une heure unique, infiniment longue. Et même si votre comportement insouciant vis-à-vis des dames semble indiquer que vous ne prenez pas trop au sérieux les affaires de cœur ou, peut-être, que vous ne pouvez pas (ne voulez pas ?) vous décider, je vois en vous un homme doté d'une profonde intelligence de cœur et de sentiments passionnés qui, j'en suis persuadée, n'attendent que d'être enflammés par la bonne personne.

Permettez-moi d'être celle-ci, vous ne le regretterez pas !

Je pense toujours, le cœur battant, à cette fâcheuse aventure qui nous rapprocha pendant quelques instants merveilleux ; tout près l'un de l'autre, si près que nos mains se touchèrent et que je sentis votre souffle sur ma peau. Le bonheur était éloigné d'un battement de cils et je vous aurais très volontiers embrassé. (Je l'aurais peut-être fait en d'autres circonstances !) Malgré votre extrême confusion, vous vous êtes comporté en vrai chevalier, alors que la faute était à moitié partagée. J'aimerais vous en remercier, même si, en cet instant, vous ne voyez sûrement pas de quoi je parle.

À présent, vous vous demandez qui vous écrit... Je ne vous le dirai pas. Pas encore.

*Répondez-moi, Lovelace, et tentez de le découvrir ! Une aventure galante est peut-être au rendez-vous, qui fera de vous l'homme le plus heureux de Paris.*

*Néanmoins, je dois vous mettre en garde, cher Duc, on ne me possède pas facilement.*

*Je vous provoque donc en duel, le plus tendre de tous les duels. Je suis impatiente de savoir si vous acceptez ce défi. (Je mettrais mon petit doigt à couper que vous le relèverez !)*

*Dans l'attente de votre réponse, je vous prie de recevoir mes sentiments les meilleurs.*

*La Principessa*

4

Une «extrême confusion» – tels sont assurément les mots qui décrivent avec le plus de per-
tinence mon état d'esprit pendant le reste de la
journée.

Je n'étais pas en mesure de focaliser mon
attention – ni sur le chauffeur de taxi, gagné par
l'énervement après deux ou trois «On est arri-
vés, monsieur!» sans réaction de ma part, ni sur
M. Tang, qui m'attendait sur un des quais aux élé-
gants réverbères avec une patience extrême-orien-
tale et me sourit amicalement malgré mes dix
minutes de retard, ni sur le délicieux déjeuner que
je pris avec mon invité chinois au Bélier, mon restaurant préféré, rue des Beaux-Arts, où l'on mange
installé dans des fauteuils en velours rouge, dans
un cadre royal, et dont le menu minimaliste m'enthousiasme chaque fois.

Ce jour-là aussi, on avait le choix entre «la
viande», «le poisson», «les légumes» et «le dessert». Il m'était arrivé de choisir «l'œuf», une

appellation sobre et efficace pour une entrée que j'avais trouvée très raffinée.

La lisibilité de la carte et la qualité des plats convainquirent également mon ami asiatique, qui se montra approbateur avant d'évoquer avec enthousiasme le boom du marché de l'art dans l'Empire du Milieu et son dernier « coup » lors d'enchères en Belgique. Comme M. Tang était un collectionneur compulsif, j'aurais vraiment pu y mettre un peu plus du mien. Au lieu de cela, j'éparpillai mes « légumes » dans mon assiette en me demandant pourquoi tout, dans la vie, ne pouvait pas être aussi simple que le menu du Bélier.

Mes pensées ne cessaient de me ramener à l'énigmatique courrier, plié dans la poche de ma veste. Je n'avais encore jamais reçu une telle lettre, une lettre qui me provoquait tout en me touchant, et qui – pour employer le même langage – me précipitait dans un émoi indicible.

Qui diable était cette Principessa qui me faisait entrevoir les amours les plus merveilleuses, tout en me réprimandant comme un petit garçon, et attendait ma réponse avec ses « sentiments les meilleurs » ?!

Lorsque M. Tang se leva et s'excusa, en s'inclinant légèrement dans ma direction, afin de se rendre au petit coin, je profitai de l'occasion pour ressortir les deux pages bleu ciel. Une fois de plus, je m'absorbai dans la lecture des lignes qui me paraissaient maintenant aussi familières que si je les avais rédigées moi-même.

Un raclement me fit sursauter comme un voleur pris la main dans le sac. M. Tang, revenu sans bruit tel un tigre, rapprochait son fauteuil de la table. Je repliai vivement le courrier et le glissai dans la poche de ma veste.

— Oh, pardonnez-moi, s'il vous plaît, fit M. Tang, visiblement malheureux de son indiscrétion présumée. Je ne voulais pas déranger. S'il vous plaît, finissez.

— Mais non, mais non, assurai-je en souriant niaisement. C'est juste que… Ma mère m'écrit… une fête de famille…

Mais qu'est-ce que je débitais comme idioties ? Un dieu bienveillant se montra compréhensif et envoya le serveur vêtu de noir, qui nous demanda si nous souhaitions autre chose.

Reconnaissant, je commandai «le dessert» qui s'avéra être une crème brûlée, et me forçai à poser quelques questions à M. Tang.

Tandis que je feignais de m'intéresser, avec quelques «aaah» et «oooh», à ses explications sur la tulipomanie dans la Hollande du dix-septième siècle (comment en était-il venu à aborder ce sujet ?), mes pensées gravitaient autour de l'identité de ma belle épistolière.

Ce devait être une femme que je connaissais. Ou, en tout cas, une femme qui me connaissait. Mais dans quel contexte ?

Cela peut sembler immodeste, mais ma vie est remplie de femmes. On les rencontre partout ou presque. On flirte avec elles, on discute avec elles, travaille avec elles, rit avec elles ; on passe des heures au café avec elles, puis finalement des nuits, quand les choses se précisent.

Seulement, cette lettre n'offrait, pour ainsi dire, aucun indice concret me permettant de deviner qui était la capricieuse auteure de ces lignes. Car elle était capricieuse, je l'avais bien saisi.

Au verso de la seconde page, tout en bas, j'avais remarqué une adresse : principessa@gmail.com.

Tout cela était des plus énigmatiques. Les cachotteries de l'inconnue me mettaient étrangement en colère, puis je songeais à sa prose fantastique et je retombais sous le charme.

— Monsieur Champollion, vous n'êtes pas attentif, me reprocha gentiment Tang. Je viens de vous demander ce que fait Soleil Chabon, et vous répondez «Hm… oui, oui».

Sapristi, il fallait que je me ressaisisse !

— Oui… je… euh… Mal de crâne, bredouillai-je en portant la main à mon front. Ce temps ne me vaut rien.

Le temps était clément en ce mois de mai, et l'air pur comme rarement à Paris.

Si Tang haussa les sourcils, il s'abstint poliment de tout commentaire.

— Et Soleil ? Vous savez, cette jeune peintre caribéenne, précisa-t-il.

Apparemment, il n'accordait plus une grande confiance à mes facultés d'association.

— Aaah… Soleil ! – J'eus un rire un peu contraint en réalisant que j'avais promis de passer voir, dans la journée (dans la journée ?!), ma métisse malade d'amour. – Soleil… connaît en ce moment même un big bang créatif. – Compte tenu de son état d'esprit explosif, j'estimais que ce n'était pas un mensonge. – Sa seconde exposition aura lieu en juin, vous viendrez, non ?

Tang hocha la tête en souriant et je réclamai l'addition.

Après un après-midi éreintant dans la Galerie du Sud, où Marion et Cézanne nous accueillirent joyeusement et où mon Chinois se fit montrer tous les nouveaux tableaux en affichant un sourire indéfectible, les qualifiant de «tlès intélessant» à «supel bon», M. Tang se retira enfin, avec quelques prospectus et sa valise à roulettes argentée, à l'Hôtel des Marronniers, un charmant établissement qui a l'avantage de se trouver rue Jacob, près de chez moi, et ravit les Européens comme les Asiatiques.

Sa situation est inestimable : tranquille, au cœur de Saint-Germain, avec une cour intérieure où poussent des roses odorantes et où clapote une fontaine ancienne. À cette époque de l'année, c'est le nec plus ultra pour les âmes romantiques qui, depuis le quatrième étage, peuvent même contempler la pointe du clocher de l'église Saint-Germain-des-Prés. À condition de ne pas être trop grand.

Les chambres possèdent des murs tendus de tissu, des meubles anciens – et sont petites à vous rendre claustrophobe. Pas la bonne pioche pour l'Américain moyen du Midwest, donc, car quand on mesure plus d'un mètre quatre-vingts, le confort de couchage s'en trouve considérablement limité.

N'étant pas un géant, ce problème ne me concerne pas personnellement, mais, il y a des années, j'ai commis l'erreur d'y installer Jane Hirstman et Bob, son *nouveau compagnon*, un homme de deux mètres. Aujourd'hui encore, Bob, qui peut remplir un lit king-size à lui seul, est traumatisé par son «*romantic disaster*» dans le «*little* lit des nains de *Snow White*».

Je me laissai tomber avec un soupir dans un canapé et me mis à gratouiller, perdu dans mes pensées, la nuque tendre de Cézanne. Le manque de sommeil de la nuit passée commençait à me rattraper, sans parler de l'excitation des dernières heures, si belles fussent-elles.

Le type à la Harley-Davidson était venu chercher Marion dix minutes plus tôt, et je profitais du premier moment de calme de cette journée.

Pour la troisième fois, je sortis la lettre de la Principessa et lissai les pages chiffonnées.

Ensuite, j'appelai Bruno.

Quand la vie d'un homme menace de sombrer dans le désordre, il a besoin avant tout de trois choses : une soirée tranquille dans son bistrot préféré, un verre de vin rouge et un bon ami.

Même quand je ne fais pas de longs discours, que j'annonce juste : «Si on allait boire un coup, il faut que je te raconte un truc», Bruno comprend aussitôt.

— Donne-moi une heure, décida-t-il, et le seul fait de penser à cet homme de haute taille en blouse blanche, terre à terre, avait quelque chose de tranquillisant. Je passe te prendre à la galerie.

Bruno est médecin. Amoureux depuis sept ans de sa femme Gabrielle, c'est l'heureux père d'une petite fille de trois ans. Quand il n'est pas occupé à réparer les nez cassés ou raccourcir les nez trop grands, qu'il ne défroisse pas à coups d'injections de Botox le front sillonné de rides des dames de la bonne société parisienne, c'est un jardinier passionné, un hypocondriaque et un théoricien du complot. Il habite avec sa famille un appartement en rez-de-jardin à Neuilly, possède un cabinet florissant place Saint-Sulpice et n'entend rien à l'art contemporain et à la littérature expérimentale.

J'ajouterais que c'est mon meilleur ami.

— Merci d'être venu, déclarai-je lorsqu'il entra dans la Galerie du Sud, une heure plus tard.

— C'est bon de te voir, fit-il, avant de me taper sur l'épaule et de me scruter d'un regard professionnel. Tu n'as pas beaucoup dormi et tu me parais un peu survolté.

Voilà pour le diagnostic gratuit.

Tandis que j'allais chercher mon imperméable, Bruno feuilletait un catalogue d'exposition de Rothko, posé sur une table basse.

— Qu'est-ce que tu trouves à ce machin? s'étonna-t-il en secouant la tête. Deux rectangles rouges – je pourrais te peindre ça.

— Pour l'amour de Dieu, tiens-t'en à tes nez, répliquai-je avec un sourire, avant de le pousser en direction de la sortie. Pour juger de l'effet d'une œuvre d'art, il faut se tenir devant et constater si elle vous fait quelque chose ou pas. Viens, Cézanne!

Je sortis, fermai la porte à clé et descendis la grille en fer.

— N'importe quoi! Qu'est-ce que tu veux que deux rectangles rouges me fassent? s'exclama Bruno avec un reniflement méprisant. Je veux bien me laisser convaincre par une toile impressionniste, mais tous ces barbouillages qu'on voit partout... Je veux dire, à quoi reconnaître de l'«art», de nos jours?

On pouvait littéralement entendre les guillemets dans sa voix.

— Au prix, rétorquai-je, laconique. C'est ce que prétend Jeremy Deller, en tout cas.

— Qui est Jeremy Deller?

— Ah, Bruno, laisse tomber! Allons à la Palette. Il y a plus important dans la vie que l'art contemporain.

J'attachai la laisse au collier de Cézanne qui me regardait avec affection, comme si ma dernière phrase se rapportait à lui.

— Là, je suis complètement d'accord, confirma Bruno qui me donna une tape satisfaite sur l'épaule.

Nous marchâmes côte à côte, savourant l'air tiède de cette soirée de mai, jusqu'à mon bistrot préféré, à l'autre bout de la rue de Seine ; un établissement aux murs couverts de tableaux, où les irréductibles fument dehors quelle que soit la température, assis aux petites tables rondes, et où le patron trapu plaisante avec toutes les filles à peu près jolies et affirme les avoir eues pour compagnes dans une vie antérieure.

Je pris une profonde inspiration. Quoi que la vie vous réserve, il était agréable d'avoir un bon ami.

Une heure plus tard, je ne pensais plus qu'il était agréable d'avoir un bon ami. J'étais installé avec Bruno à une des tables en bois sombre, devant une bouteille de vin rouge, et nous discutions avec tant de véhémence que certains clients nous lançaient des coups d'œil étonnés.

En réalité, je voulais juste un conseil. J'avais parlé à Bruno de la soirée de la veille, de l'échec de ma nuit d'amour avec Charlotte, de l'appel paniqué de Soleil – et naturellement, de la curieuse lettre d'amour qui accaparait mes pensées depuis le matin.

— Je n'ai pas la moindre idée de l'identité de celle qui pourrait l'avoir écrite… Qu'est-ce que tu en penses, je dois répondre ? avais-je demandé.

J'avais juste envie d'entendre un «oui».

Au lieu de cela, Bruno avait froncé les sourcils et s'était lancé dans des réflexions fondées sur la théorie du complot.

Selon lui, il était douteux et *extrêmement* suspect que l'auteure du courrier ne révèle pas son nom. De manière générale, il ne fallait pas répondre aux lettres anonymes et je n'avais pas son assentiment en la matière.

— Va savoir quelle psychopathe se cache derrière, avait-il poursuivi en se penchant en avant avec un regard entendu. Tu connais ce film où Audrey Tautou joue une cinglée qui épie ce gentil homme marié dont la femme est enceinte ? Il finit en fauteuil roulant parce qu'elle lui a fracassé un vase sur la tête après qu'il l'a repoussée !

J'avais secoué la tête, effaré. Une telle idée ne m'était pas encore venue à l'esprit.

— Non, avais-je répondu faiblement. Je connais seulement *Le Fabuleux Destin d'Amélie Poulain,* et là, tout finit bien.

Bruno s'était adossé à sa chaise, l'air satisfait.

— Mon pauvre ami, je connais les femmes, et je dis : prudence.

— Eh bien… Je connais un peu les femmes, moi aussi, avais-je objecté.

— Pas celles-là, m'avait contredit Bruno en se mettant presque à chuchoter. J'en vois beaucoup dans mon cabinet. La plupart sont fêlées, crois-moi. Certaines se prennent pour la Reine de la Nuit, d'autres pour une Principessa. Aucune ne veut vieillir, et toutes se trouvent trop grosses. Tu te rappelles cette entêtée dont j'avais opéré le nez et qui m'a persécuté jour et nuit au téléphone parce qu'elle s'imaginait que je m'étais amouraché d'elle ? – Bruno m'avait adressé un regard lourd de sens. – Tu sais ce dont une femme est capable quand elle s'est mis quelque chose en tête ? Réponds-lui, et tu ne pourras plus t'en débarrasser !

— Vraiment, Bruno, tu exagères. C'est la lettre d'une femme qui est visiblement tombée amoureuse de moi. Qu'est-ce qu'elle a d'une psychopathe ? En plus, ce courrier ne dégage rien de malsain. C'est plutôt une proposition… charmante, pour ne pas dire irrésistible.

J'avais souligné mes propos en avalant une grande gorgée de vin, avant de commander une salade au chèvre chaud. La discussion m'avait ouvert l'appétit.

— Une proposition charmante, hm…, avait répété Bruno, pensif. Bien sûr, il se pourrait aussi…

En entendant cette introduction, j'avais poussé un soupir intérieur.

Tandis que je mangeais, Bruno développa alors une nouvelle théorie qui faillit me faire avaler de travers un morceau de fromage chaud.

Bien sûr, il se pourrait aussi qu'une entreprise louche cherche – par ce moyen très personnalisé, c'était entendu – à accéder à des adresses électroniques pour envoyer à ses victimes (dont moi) des mailings faisant la promotion de pornos soft ou de Viagra, ou au moins leur proposer un partenariat Internet peu sérieux.

— Tu réponds à cette adresse, et tu te retrouves bombardé d'offres en provenance de Biélorussie, me mit-il en garde. Et si tu n'as vraiment pas de chance… – Il marqua une pause de mauvais augure. – … tu as affaire à un fou qui s'amusera à infester ton ordinateur de virus ou à piller ton compte en banque.

— Bruno, ça suffit! m'exclamai-je, agacé, en reposant brusquement mes couverts. Tu es vraiment à la masse, par moments. Je pensais que tu pourrais réfléchir avec moi à l'identité de cette Principessa. Au lieu de ça, tu débites des conneries. La mafia d'Internet, c'est débile! Elle aurait distribué des courriers manuscrits sur papier vergé dans des centaines de boîtes? Il n'y a même pas de timbre! – Je sortis la lettre de ma veste, accrochée à ma chaise. – Tiens, voilà! «À l'attention du Duc», c'est ce qui est écrit sur l'enveloppe! – J'adressai un regard triomphant à Bruno. – Très peu de gens connaissent mon surnom, donc ça doit être quelqu'un de proche. Et je ne me souviens pas d'avoir des psychopathes dans mon cercle de connaissances – à part mon meilleur ami, peut-être.

Bruno eut un large sourire, puis il attrapa l'enveloppe bleu pâle posée entre nous comme un petit bout de ciel.

— Je peux ?

Je hochai la tête. Bruno parcourut les lignes et se redressa brusquement.

— Mon Dieu, murmura-t-il.

— Quoi ?!

— Rien… Simplement… ouah ! C'est la plus belle lettre d'amour que j'aie jamais lue. Dommage qu'elle ne me soit pas destinée. – Ses yeux noisette me fixèrent un moment, rêveurs. – Tu en as, de la chance.

— Tu l'as dit, confirmai-je, béat.

— Il doit bien y avoir un indice ! s'écria Bruno en promenant une nouvelle fois son regard sur le papier, façon rayons X, puis il se figea. Tu es sûr que ce courrier t'est bien adressé ?

— Bruno, il était glissé dans *ma* boîte. *Mon* nom se trouve dessus. Et je ne connais pas d'autre « Duc » qui habite dans *mon* immeuble.

— Mais vers la fin, il est écrit « Répondez-moi, Lovelace »… *Lovelace,* pas Jean-Luc.

— Oui, oui, répondis-je avec impatience. Lovelace est le héros d'un roman, pas la peine de t'appesantir là-dessus.

Bruno haussa ses sourcils en broussaille.

— Et que *fait* ce Lovelace ?

— Eh bien, il… il séduit les femmes.

— Ah… bon… *Lovelace,* insista Bruno dont les yeux brillaient. Cette Principessa voit donc en toi un séducteur, un tombeur… – Remarquant mon geste de dénégation, il poursuivit aussitôt : – Non, non, ça pourrait être la clé de tout. Tu pourrais parcourir ton carnet d'adresses. Y a-t-il une dame qui n'aurait pas eu avec toi autant de chance qu'elle le souhaitait ? À qui tu aurais posé un lapin ? Brisé le cœur ? Une femme que tu n'aurais pas assez respectée ?

— Je ne sais pas. Possible. Ça pourrait également être une femme avec qui je n'ai jamais été.

— Ou il y a longtemps…

— Arrête ton char, Bruno, on n'est pas dans un conte de fées.

— On dirait, pourtant : «Je pense toujours, le cœur battant, à cette fâcheuse aventure qui nous rapprocha pendant quelques instants merveilleux ; tout près l'un de l'autre, si près que nos mains se touchèrent…», lut Bruno à voix haute. Quelle est cette fâcheuse aventure dont elle parle ? Et pourquoi la faute est-elle partagée, en quoi t'es-tu comporté en chevalier ? – Il m'adressa un regard d'encouragement. – Réfléchis un peu ! Ça ne fait pas tilt ?

Je me creusai le crâne, mais rien ne faisait tilt.

— Et cette petite brune avec qui tu étais quelques mois… Un peu bizarre et vieille France, non ?

— Coralie ?

L'espace d'un instant, je vis apparaître les cheveux courts et rebelles de Coralie, son visage pâle aux grands yeux interrogateurs planté au-dessus du mien quand elle me disait, la nuit : « On fait un bébé, d'accord ? »

— Eh bien, ça dépend de ce qu'on entend par « vieille France », lui opposai-je, elle voulait tout de suite emménager chez moi et avoir un enfant…

— Quelle horreur, inimaginable ! ironisa Bruno.

— Bruno, elle voulait un enfant *trois heures* après notre première rencontre ! C'était une sorte d'idée fixe. Elle était vraiment mignonne, mais elle ne parlait que de ça. Quand elle a réalisé que je ne voulais pas d'enfant, ou pas dans l'immédiat, en tout cas, elle est partie, blessée, avec ses grands yeux tristes.

— Son départ a dû te soulager, hein ? fit Bruno avec empathie.

Je haussai les épaules.

— Bizarrement, j'ai eu mauvaise conscience. Coralie avait une personnalité qui vous faisait toujours sentir coupable, en tant qu'homme. C'était une biche effarouchée, tu vois ? Le genre qui a besoin de conseils même au restaurant, parce qu'elle n'arrive pas à décider seule de ce qu'elle a envie de manger.

— Ce sont les plus tenaces de toutes, avança Bruno. Tu penses qu'elle a pu écrire la lettre ?

— Non, elle n'est pas assez futée pour élaborer ça. Et puis, elle n'a aucun sens de l'humour.

— Dommage, commenta Bruno en finissant son verre. J'ai peur qu'on n'éclaircisse pas le mystère de la Principessa ce soir. Tu devrais peut-être fouiller ta mémoire à la recherche d'autres aventures fâcheuses avec des femmes. Il n'y en a pas eu tant que ça, j'espère ? – Il m'adressa un clin d'œil, puis fit signe au patron. – À propos, tu es libre de répondre à la lettre et de poser les questions *ad hoc*. Tu as ma bénédiction ! Et tiens-moi au courant, c'est palpitant !

Quand nous quittâmes la Palette, il était vingt-trois heures trente. Une légère pluie tombait sur la ville et j'avançais avec Cézanne sur les pavés luisants, songeur, écoutant résonner mes pas. La nuit était paisible, très différente de la précédente. Et si c'était Charlotte, malgré tout ? Aussi invraisemblable que cela paraisse, on pouvait tout à fait qualifier de «fâcheuse aventure» les moments que nous avions vécus ensemble, ou plutôt, pas vécus. Toujours est-il qu'ils n'avaient pas été consommés.

Je palpai la lettre dans ma poche et décidai de la comparer avec le Post-it que j'avais trouvé accroché au miroir, ce matin-là. Ensuite, on verrait bien si la pierre de Rosette révélait ses secrets.

Lorsque j'entrai dans la cour intérieure plongée dans la pénombre, je m'aperçus que la lumière était encore allumée chez Mme Vernier, et j'entendis de la musique s'échapper en sourdine de son appartement. C'était inhabituel, car Madame faisait l'apologie du «sommeil avant minuit», une saine habitude – tout le reste étant dommageable pour «le teint».

— Vous devriez aussi faire plus attention à vous, monsieur Champollion, m'avait-elle suggéré récemment, en rentrant d'une longue promenade avec Cézanne.

Je montai lentement les marches en pierre usées qui menaient à mon appartement au troisième étage. Cézanne (sans nul doute le plus dispos de nous deux) bondissait avec entrain à côté de moi. J'ouvris la lourde porte en bois et pénétrai dans l'entrée.

*Quelle journée,* pensai-je avec la naïveté d'un homme qui entend s'accorder le plaisir d'un moment de calme mérité dans son fauteuil – sans se douter que, désormais, chaque jour surpassera le précédent en excitation.

Je m'enfonçai dans mon siège, étendis les jambes et allumai un cigarillo. Avant même, je l'avoue, d'examiner le bout de papier laissé par Charlotte – sans grand espoir et uniquement pour n'exclure aucune piste.

Je promenai un regard satisfait à travers le salon. Le canapé rouge et ses nombreux coussins dépareillés. Le club en cuir couleur chocolat. Les tableaux anciens et modernes, coexistant en parfaite harmonie. La carafe en argent et les verres polis, posés sur le buffet. Les rideaux lourds devant la porte-fenêtre donnant accès au balcon en fer forgé, chargé de fioritures. Le miroir soleil Louis XVI. La magnifique réplique du *Baiser* de Rodin, exposée sur l'ancien classeur à plans où je conserve des lithographies et qui brillait comme si on venait de le briquer. Mon petit royaume, mon havre de paix, que j'avais créé de toutes pièces et dans lequel je reprenais des forces. Je poussai un soupir de contentement.

Tout était propre et rangé. *Trop* propre et *trop* rangé.

Peu à peu, il me revint à l'esprit qu'en partant précipitamment, ce matin-là, j'avais laissé un certain chaos derrière moi. Puis je réalisai qu'on était jeudi, le jour où Marie-Thérèse venait faire le ménage. Puis je réalisai que, dans ma hâte, j'avais oublié de lui laisser de l'argent. Puis je réalisai que…

Je me précipitai dans la salle de bains. Une odeur de pomme verte m'assaillit et me donna la nausée. Au bout de toutes ces années, je n'avais toujours pas réussi à dissuader Marie-Thérèse d'utiliser son nettoyant WC préféré. Je me penchai et tirai la corbeille de sous le lavabo. Elle était vide.

Appuyé des deux mains au meuble, je fixais l'endroit où Charlotte avait collé son Post-it, avant que je ne le jette sans réfléchir et qu'il ne prenne le chemin des poubelles de la cour, grâce à la conscience professionnelle de ma femme de ménage.

Face au miroir, je tentai de convaincre mon pâle reflet, qui ne faisait manifestement pas assez pour son «teint», que l'expertise graphologique ne lui aurait pas donné satisfaction, de toute façon. Brusquement, il ne me croyait plus.

C'est toujours pareil : dès qu'on perd une chose qu'on pensait acquise, elle devient l'objet d'une convoitise exacerbée. Dès qu'un autre se précipite sur le sac, les chaussures, la toile, la lampe à l'abat-jour vénitien qu'on hésitait à acquérir, on sait que c'était précisément ce qu'il nous fallait.

Tout d'un coup, je fus persuadé que l'écriture sur le Post-it disparu concorderait avec celle de la lettre. Charlotte n'avait-elle pas écrit que je lui étais redevable d'une faveur ?

Envolée, ma fatigue ! Il fallait que j'en aie le cœur net.

Quiconque a jamais fait des recherches dans une poubelle sait de quoi je parle quand j'affirme que, par comparaison, les laborieux travaux d'exhumation du trésor de Toutankhamon furent une aventure romantique. Du bout des doigts, j'écartai des boîtes de concentré de tomate et des bouteilles de vin vides, des articles d'hygiène usagés, des sachets de chips froissés, des bocaux de pâté et la dépouille d'un coq au vin. Même s'il avait arrêté de pleuvoir et que la lune nimbait tout d'une douce lumière jaune pâle, mon opération nocturne ne me procurait en rien la joie qu'avait ressentie Heinrich Schliemann en mettant au jour les ruines de Troie.

Pourtant, mon implication fut récompensée. Après vingt pénibles minutes dans la poubelle, je tenais un bout de papier chiffonné qui, hormis une épluchure de pomme de terre collée dessus, avait supporté avec étonnamment peu de dommages son excursion dans le rebut de Paris. Je glissais mon trésor dans ma poche avec un soupir de bonheur lorsqu'un objet dur, surgi du néant, vint s'écraser sur mon crâne.

Je tombai à terre comme une pierre. En ouvrant les yeux, j'entendis une voix plaintive au-dessus de moi. Elle appartenait à un spectre en habit blanc ; penché sur moi, il s'exclamait sans interruption :

— Oh mon Dieu, oh mon Dieu, monsieur Champollion, je suis tellement désolée, tellement désolée !

Il me fallut quelques secondes pour réaliser que c'était Mme Vernier qui était accroupie à côté de moi, en chemise de nuit.

— Monsieur Champollion ? Jean-Luc ? Êtes-vous blessé ? demanda-t-elle à voix basse, et je hochai la tête, sonné.

Je passai la main sur la zone douloureuse et palpai une bosse.

Ma voisine, vêtue d'une légère chemise de nuit bordée de dentelle, les cheveux dénoués, me faisait l'effet d'une apparition.

— Madame Vernier, murmurai-je, stupéfait, qu'est-ce qui s'est passé ?

Mme Vernier prit ma main.

— Oh, Jean-Luc, sanglota-t-elle, et je constatai que c'était déjà la seconde fois qu'elle m'appelait par mon prénom.

Dans mon état, cela ne m'aurait pas énormément étonné qu'elle m'avoue être ma secrète épistolière (*Je vous aime depuis longtemps, Jean-Luc… J'ai toujours espéré que Cézanne nous réunirait un jour…*).

— Pardonnez-moi, s'il vous plaît ! supplia ma voisine, l'air bouleversé. J'ai entendu des bruits dans la cour, juste sous ma fenêtre, alors je suis sortie discrètement et j'ai aperçu un homme perché sur les poubelles. Je vous ai pris pour un cambrioleur. Ça fait encore mal ?

À ses pieds, un haltère en caoutchouc.

Je gémis, et imaginai en une fraction de seconde le titre de l'article annonçant ma mort saugrenue : *Un galeriste trouve la mort en fouillant des ordures !*

Quand on y regardait de plus près, j'avais beaucoup de chance d'être encore capable de penser, et pas en train de flotter dans le nirvana.

— C'est bon, ce n'est pas si grave que ça, tranquillisai-je Mme Vernier, qui se cramponnait toujours à ma main.

— Quel cauchemar, chuchota-t-elle. J'ai failli mourir de peur. – Soudain, son regard soucieux se fit sévère. – Mais que faites-vous à cette heure-ci dans les poubelles, Jean-Luc ? – Remarquant quelques détritus tombés sur les pavés, elle se mit à glousser. – Vous n'êtes pas un clochard qui trouve sa nourriture au milieu des immondices, dites ?

Je secouai la tête, même si cela faisait un mal de chien. Ma voisine avait un bras drôlement vigoureux.

— Je cherchais quelque chose que j'ai jeté par erreur.

Il me semblait que je lui devais une explication.

— Et… vous l'avez trouvé ?

J'opinai du chef. Il était une heure et demie du matin quand nous quittâmes les lieux de l'épouvante, Mme Vernier me précédant comme un petit nuage blanc, la démarche légère.

Lorsque je revins de mon équipée nocturne, Cézanne, roulé sur sa couverture dans l'entrée, m'accueillit avec des battements de queue somnolents. Devant la désorganisation de mon rythme circadien, il avait sûrement renoncé à suivre. Les choses venaient comme elles venaient. Bouddhisme canin. L'espace d'un moment, j'enviai sa vie dénuée de complexité. Puis je me courbai au-dessus de mon bureau, plaçai le billet laissé par Charlotte à côté de la lettre de la Principessa et le lissai.

Pas besoin de s'appeler Champollion pour se rendre compte qu'il s'agissait de deux écritures tout à fait distinctes. L'une plutôt abrupte, avec des hampes anguleuses, l'autre penchée vers la droite, avec des lettres arrondies, où ressortaient particulièrement le *b,* le *c,* le *d* et le *p.* Charlotte n'était *définitivement* pas la Principessa.

Ce constat fit aussitôt baisser mon taux d'adrénaline, et l'épuisement m'envahit.

Compte tenu de mon état et des élancements qui martelaient mon crâne, je rejetai l'idée de répondre dans l'immédiat à la véritable Principessa. Pour rédiger un courrier du même niveau que le sien, il fallait que je sois frais, en pleine possession de mes moyens physiques et intellectuels. Lesquels avaient considérablement souffert, ces dernières heures.

Je titubai jusqu'à la salle de bains et abandonnai définitivement le Post-it de Charlotte à la corbeille. Ensuite, je me brossai les dents – le plus gros effort que je puisse encore fournir ce jour-là. C'était ce que je pensais, en tout cas.

# 5

Les bons jours, je ressemble à l'homme de la publicité pour les Gauloises. Mais cette nuit-là, à une heure avancée, alors que j'empruntais pesamment le couloir menant à ma chambre dans mon pyjama rayé bleu clair et blanc, pieds nus, je n'avais, exception faite des rayures de mon vêtement, plus rien en commun avec ce type d'une bonne humeur insolente, décontracté, qui part se promener avec son chien, épris de liberté et insouciant.

J'avais l'impression d'avoir cent sept ans et je ne voulais qu'une chose : dormir ! Si la plus belle princesse du monde avait surgi devant moi, j'aurais décliné ses avances avec lassitude.

Voyant une petite lumière rouge clignoter dans le noir, je crus d'abord à une vision consécutive à mon traumatisme crânien. Ce n'était que le répondeur, qui, depuis le bout du couloir, envoyait un signal muet dans la nuit. Machinalement, je pressai le bouton rond.

La voix automatique retentit :

— Vous avez *un* nouveau message.

J'entendis ensuite une autre voix féminine qui me donna la chair de poule.

— Jean-Luc ? Jean-Luc, où es-tu ? Il est bientôt une heure du matin et je n'arrive pas à te joindre ! Ton portable est éteint. Qu'est-ce que tu fabriques au beau milieu de la nuit ? Tu n'as pas reçu mon message ? Tu avais prévu de venir ! Je te suis égale à ce point-là ? – Suivit une pause accusatrice, puis la voix prit des accents hystériques. – Jean-Luc, pourquoi ne décroches-tu pas ? Je n'en peux plus, je ne peindrai plus jamais. Plus jamais, tu m'entends ?

Après cette annonce dramatique, un long silence régna. Puis la tragédienne assena le coup de grâce :

— Tout est sombre. J'ai froid, et je suis toute seule.

Les derniers mots donnaient le frisson et trahissaient l'absorption de quatre verres de vin au moins.

Je m'affaissai sur la chaise, près du téléphone, et enfouis mon visage dans mes mains en gémissant. Soleil ! J'avais complètement oublié Soleil.

— Chère Soleil, murmurai-je avec désespoir. Pardonne-moi, s'il te plaît, mais je ne peux pas t'appeler, là. Je ne *peux* pas. Il est deux heures et quart, et je ne supporterai pas une autre heure de terrorisme téléphonique.

Ma bosse me faisait atrocement mal, je voulais enfin reposer ma pauvre tête sur un oreiller douillet, m'en remettre au calme de ma chambre obscure.

Je me demandais aussi si ce serait faire preuve de méchanceté que d'abandonner à son malheur, une nuit de plus, cette créature qui doutait du monde et d'elle-même.

— Je suis un salaud, marmonnai-je sombrement. Mais si je ne me couche pas tout de suite, je vais tomber mort sur place.

Ensuite, je décrochai le combiné en soupirant et composai le numéro de Soleil Chabon.

Une demi-heure plus tard, j'étais assis dans un taxi, direction le Trocadéro.

J'ai lu des reportages témoignant de la capacité de l'homme à mobiliser des forces insoupçonnées, dans certaines circonstances. Bien qu'épuisé, il continue à traverser le Sahara dans l'espoir de trouver l'oasis salvatrice. Pendant trois nuits d'affilée, il se maintient éveillé devant son ordinateur en vidant cafetière après cafetière, pour que sa mémoire porte le cachet attestant qu'il l'a posté *in extremis*, certes, mais à temps. Il reste agrippé à une corde une demi-heure de plus que sa résistance ne le lui permet, parce qu'un marais rempli de crocodiles affamés s'étend sous ses pieds. Les ressources de l'être humain sont étonnantes et je vivais, dans mon propre corps, les effets que pouvait provoquer la sécrétion massive d'adrénaline.

Envahi par la nervosité, je regardais en direction de la tour Eiffel, tandis que nous longions le quai d'Orsay déserté par les piétons. Je me félicitais de bien connaître Paris et d'avoir pu détailler l'itinéraire à suivre pour rejoindre la rue Augereau, non loin du Champ-de-Mars.

— Toi dire, moi conduire !

L'injonction laconique du chauffeur, sans doute originaire du fin fond du Soudan, aurait certainement dérouté n'importe quel passager moins au fait de la géographie parisienne.

— Vous pourriez rouler un peu plus vite ? demandai-je au Noir, dont la casquette était enfoncée sur la tête. Je suis vraiment pressé.

L'homme venu du continent africain n'avait manifestement pas l'habitude d'une telle hâte. Il grommela une quelconque insolence dans sa langue natale, mais appuya quand même sur l'accélérateur.

— C'est une urgence, précisai-je pour le motiver.

J'ignorais si c'était une urgence. Je savais juste que Soleil ne décrochait pas, une heure après avoir laissé son sinistre message sur mon répondeur. J'avais appelé chez elle cinq fois de suite, sans succès, puis l'inquiétude avait pris le dessus.

Il se pouvait qu'elle soit simplement partie se coucher et qu'elle ait débranché son téléphone, mais je ne voulais pas être coupable de sa mort. Ma conscience me tourmentait. Sans compter que la nuit, tout revêt une certaine intensité dramatique.

Le chauffeur de taxi pila devant le numéro que j'avais indiqué. J'avais très souvent rendu visite à Soleil dans son atelier, qui était aussi son domicile.

Je pressai les touches du digicode et la porte cochère s'ouvrit. Je traversai rapidement la cour, où se dressaient des arbres frêles, et m'arrêtai devant la porte de son appartement, essoufflé. Je me pendis à la sonnette, et constatant que rien ne se passait, je me mis à tambouriner du poing.

— Soleil ? Soleil, ouvre ! Je sais que tu es là !

Soudain, j'eus une impression de déjà-vu. Deux ans plus tôt, je tambourinais déjà contre cette porte. À l'époque, Soleil avait fait la morte pendant une semaine entière. J'avais saturé son répondeur de messages l'implorant de me rappeler, mais elle ne se manifestait pas. Elle ne décrochait pas et me laissait planté dehors, comme s'il n'y avait personne. Juste parce qu'elle craignait de m'annoncer qu'elle n'avait pas encore achevé ses toiles.

Ce jour-là, mû par la détresse et le temps qui pressait, j'avais glissé sous sa porte une feuille de papier porteuse d'un message en lettres énormes :

PARLE-MOI.

CINQ MINUTES !

ET TOUT IRA BIEN !

Dessous, j'avais dessiné un bonhomme très schématisé, un Jean-Luc suppliant. Quelques secondes plus tard, la porte s'ouvrait, hésitante.

Que dire… Les artistes sont des individus très particuliers. Outre leur volonté créatrice, ils sont dotés d'une âme sensible et d'une estime de soi terriblement vacillante, qui demande en permanence à être renforcée. Quant au galeriste qui travaille avec des artistes vivants, il doit surtout être capable d'une chose : supporter ces individus.

Un miaulement s'éleva à côté de moi. Je baissai le regard. Deux yeux d'un vert intense me fixaient. Ils appartenaient à Onionette, le chat de Soleil. Je n'avais jamais découvert pourquoi ce drôle d'animal portait le nom d'une liliacée, mais pour quelle raison Soleil aurait-elle dû avoir un chat appelé Mimi ou Foufou ? Cela aurait été bien trop normal.

— Onionette, murmurai-je, étonné, en caressant la fourrure tigrée du félin qui se mit à ronronner. D'où viens-tu ?

Onionette s'enroula plusieurs fois autour de mes jambes, puis elle disparut en direction de la petite terrasse privative de Soleil, séparée de la cour intérieure. Je me faufilai à travers l'espace entre la clôture et le mur de l'immeuble, et jetai un coup d'œil dans la chambre, par la porte-fenêtre coulissante.

Il faisait sombre dans la pièce, les stores vénitiens étaient à moitié baissés. Impossible de distinguer si Soleil dormait dans son lit provisoire, un immense matelas posé à même le sol, par souci de simplicité.

— Soleil ?

Je frappai à la porte-fenêtre coulissante, hésitant, puis m'y appuyai. Elle glissa sur le côté, comme si je venais de prononcer les mots magiques : « Sésame, ouvre-toi ! » Je m'étonnai de l'inconscience de la jeune femme. Au plus profond de son cœur, elle devait toujours vivre dans la nature intacte des îles où elle avait grandi.

Je retins mon souffle et cherchai à percer le silence.

— Soleil, tout va bien ? lançai-je à voix basse, brusquement intimidé par les odeurs entêtantes de térébenthine, de cannelle et de vanille qui emplissaient les lieux et me donnaient la sensation de forcer l'accès d'un harem.

Je me déplaçai furtivement jusqu'à l'espace chambre à coucher, au fond de la pièce dotée d'une impressionnante hauteur sous plafond. Soleil s'y trouvait, étendue sur une couverture claire, comme une figure de bronze fraîchement coulée. Elle était nue. Un faible rai de lumière, venu de l'entrebâillement de la porte qui donnait dans la cuisine, éclairait doucement son visage, et sa poitrine se soulevait et s'abaissait avec la plus belle des régularités.

Sur l'instant, je fus soulagé. Puis sous le charme. Je regardais Soleil endormie, et soudain, ce spectacle m'apparut aussi irréel que si j'étais en train de rêver. Je me surpris à laisser bien trop longtemps mon regard posé sur ce corps gracieux.

Mais qu'est-ce qui me prenait ? Je m'introduisais dans un appartement et j'épiais une femme nue ! Soleil dormait comme une déesse pacifique, elle ne manquait de rien. De sauveur, je devenais voyeur.

Je détachai mes yeux de sa silhouette ; je m'apprêtais à battre silencieusement en retraite lorsque mon talon effleura un objet. Une bouteille de vin vide se renversa, et dans le silence de la nuit, le tintement du verre produisit autant de fracas que si les murs de Jéricho s'effondraient.

Je tressaillis.

La figure de bronze avait remué et regardait vers moi.

— Il y a quelqu'un ? s'enquit Soleil d'une voix ensommeillée.

— Ce n'est que moi, Jean-Luc ! chuchotai-je. Je voulais juste m'assurer que tout allait bien.

C'était la vérité, au fond.

Les yeux de Soleil brillaient. Cela ne semblait pas l'étonner le moins du monde que son galeriste et agent se dresse devant son lit, en pleine nuit. Avec la spontanéité d'un enfant, elle se redressa, et ses petits seins ronds, café au lait, tremblèrent un peu. J'aurais dû me cacher les yeux pour ne pas le voir.

Résolument, je dirigeai mon regard vers son visage et hochai la tête avec bienveillance, tel un médecin-chef qui ferait ses visites.

La large bouche de Soleil afficha un sourire plus large encore. Ses dents luisaient dans la pénombre.

— Tu es venu ! s'exclama-t-elle, heureuse, et elle tendit le bras dans ma direction.

— Bien sûr, déclarai-je en me risquant à faire quelques pas en avant. Je m'inquiétais… Ton message était terrifiant.

Je pris la main de Soleil. J'aurais volontiers passé le bras autour d'elle, comme on console une bonne amie qui a du chagrin, mais ses épaules étaient dénudées et cela ne me parut pas convenable. Je me figeai donc un moment dans cette position, étrangement courbé au-dessus d'elle. Puis je pressai sa main, un geste d'encouragement, avant de la lâcher en douceur.

— Je suis désolé de ne pas m'être manifesté plus tôt. Je reviens demain après-midi, promis. On parlera.

Soleil opina du chef. Le fait que je sois venu chez elle au beau milieu de la nuit, parce que je me faisais du souci à son sujet, l'emplissait visiblement d'une grande satisfaction.

— Je savais que tu ne me laisserais pas tomber, fit-elle, avant de renifler. Ah, Jean-Luc ! Il s'est passé tellement de choses, je suis toute tourneboulée…

Quelqu'un sur cette curieuse planète aurait-il pu la comprendre mieux que moi ?

— Tout ira bien, assurai-je dans un élan d'empathie, une phrase qui valait un peu pour moi aussi. Et maintenant, rendors-toi vite.

Soleil s'allongea avec obéissance et tira sa mince couverture sur elle. Je caressai brièvement ses cheveux et me redressai.

— Merci, Jean-Luc, rendors-toi vite, toi aussi, murmura-t-elle.

Je sortis sur la terrasse en souriant. Il était quatre heures vingt. Cette nuit-là, je n'avais pas encore fermé l'œil ; il n'était pas question de me *rendormir*, mais de dormir *enfin*. Plus rien ne m'en empêcherait. Ni un tremblement de terre. Ni un ami dans le besoin. Ni la Principessa en chair et en os.

Malgré mon excursion nocturne, je me réveillai en forme, quelques heures plus tard. Je dois dire que je me sentais nettement mieux que le matin précédent. Mon corps s'habituait peut-être déjà au manque de sommeil... Durant ses campagnes militaires, Napoléon tenait le coup avec cinq malheureuses heures de repos, pourquoi cela ne marcherait-il pas avec moi ?

Tout était une question d'état d'esprit.

Je me surpris à chanter sous la douche – voilà qui ne m'était plus arrivé depuis une éternité ! «J'attendrai...», entonnai-je à l'intention du rideau de douche turquoise parsemé de coquillages blancs qui se bombait, comme animé par la houle.

Nous étions samedi matin et j'avais enfin du temps !

J'avais appelé Marion pour lui demander d'être ponctuelle, exceptionnellement, d'ouvrir la galerie et de garder la boutique jusqu'au début de l'après-midi. J'avais appelé Mme Vernier pour lui demander de prendre Cézanne, ce jour-là (quand je palpais l'arrière de mon crâne, je trouvais qu'elle me devait bien ce service). J'allais, sans tarder, acheter non pas un mais deux croissants frais à la boulangerie en bas de chez moi, et m'installer à mon bureau avec un café bien sucré. Ensuite… Ensuite !

La perspective de répondre à la lettre de la Principessa et d'entrer en contact avec cette inconnue sûrement aussi belle que mystérieuse, qui m'avait fait tant de merveilleux compliments que mon meilleur ami m'enviait – cette perspective m'exaltait.

Seulement, une heure plus tard, assis devant mon ordinateur portable, après avoir tapé l'adresse mail de la Principessa, je me demandais par où commencer.

Qu'indiquer dans «Objet»? Cette entrée, censée résumer en quelques mots le contenu ou la requête d'un courrier, n'était pas appropriée pour des échanges d'un autre temps.

«Votre missive de jeudi»? Impossible ! «Réponse à votre missive»? Pas très spirituel. «Pour la Principessa»? Oui, pour qui d'autre ?

Je relus la lettre, une fois de plus, me perdis entre les lignes et trouvai finalement un mot qui me parut adéquat.

Objet : *Séduit !*

Satisfait, je bus une gorgée de café et me demandai si je devais commencer par «Très chère dame» (on aurait dit que je m'adressais à une demoiselle d'un âge avancé), «Chère Principessa» (trop plat) ou «Principessa bien-aimée» (trop audacieux).

Je venais de me décider pour «Plus belle des Principessas» lorsque le téléphone sonna. Je jurai à voix basse et décrochai.

— Allô? fis-je sur un ton bourru.

— Jean-Luc?

Pour une fois, ce n'était pas Soleil.

— Quoi, Marion?

— Mal luné? s'enquit-elle.

S'il est une chose que je déteste chez les femmes, c'est cette faculté de répondre aux questions par d'autres questions.

— Non, je suis d'excellente humeur, répliquai-je.

— On ne dirait pas, à t'entendre, insista Marion. Il y a quelque chose?

— Marion, s'il te plaît, dis-moi juste ce que tu veux, soupirai-je. Je suis au beau milieu d'une… affaire et je dois me concentrer.

— Ah bon… Pourquoi ne pas le dire tout de suite?

— Donc? fis-je en levant les yeux au ciel.

— Cette Conti de l'hôtel a appelé. – J'entendis qu'elle mâchait du chewing-gum. – Quelqu'un t'a réclamé.

J'aime la précision des informations de Marion.

— Qui ? M. Bittner ?

N'avait-on pas prévu de se voir ce week-end pour discuter de Julien ? Il fallait vraiment que je me concentre plus. Les choses commençaient à échapper à mon contrôle.

— Non, pas notre ami allemand. C'était une femme. *Une dame,* a précisé Mlle Conti.

— Et… cette dame a un nom ? demandai-je, excédé.

— Non. Oui. Je ne sais pas… Maintenant que tu le dis… Je n'arrive pas à me rappeler si Mlle Conti a donné un nom…

Marion se tut pour réfléchir et je poussai un nouveau soupir. Bien sûr que Mademoiselle n'avait donné aucun nom. Pourquoi diable l'aurait-elle fait ? Que représentaient les noms quand on travaille dans un hôtel ?

« Je suis très physionomiste, mais je suis fâchée avec les noms », telles étaient les paroles dépourvues de regret de la réceptionniste quand on la surprenait, une fois encore, à déformer ou oublier un patronyme.

— Autant l'appeler et lui poser toi-même la question.

Marion, parvenue au bout de sa réflexion, semblait brusquement très pressée.

Avant qu'elle ne puisse mettre un terme à la conversation, j'entendis un bruit assourdissant, puis le carillon de la porte. Marion poussa un cri d'enthousiasme.

— Je dois raccrocher. À plus !

Je reposai le combiné en secouant la tête et décidai de passer plus tard au Duc de Saint-Simon pour tirer personnellement les oreilles à Mlle Conti. Pour l'instant, j'avais plus important à faire. Je débranchai mon téléphone fixe, basculai mon portable en mode avion et me mis à cogiter.

Comment écrit-on à une personne qu'on ne connaît pas, qu'on ne voit pas devant soi, qui vous a livré de rares indices énigmatiques que vous tentez en vain de replacer dans leur contexte, mais qui vous a écrit avec tant d'amour et vous a confié tant de belles choses sur vous-même que vous avez envie de faire sa connaissance ?

Assis devant ma machine, tandis que je fixais l'écran où ne figurait rien d'autre que «Plus belle des Principessas», je me faisais l'effet d'un romancier confronté à la fameuse page blanche.

Si je ne ressentais aucune angoisse, la nécessité de donner le meilleur de moi-même croissait de minute en minute. Alors seulement, je compris que la lettre de la Principessa constituait un véritable traquenard, un magnifique traquenard, avouons-le, mais il n'empêche que j'avais sous-estimé la tâche.

Je ne voulais pas seulement découvrir l'identité de cette dame qui me défiait avec audace ; je voulais aussi me montrer spirituel, charmant, prompt à la repartie, éloquent. Je ne voulais en aucun cas me couvrir de ridicule, or, j'avais un peu perdu la main – et pour cause, on s'en souviendra – en matière de rédaction de courriers privés.

Sept cigarettes et trois cafés plus tard (tous froids avant que je ne les finisse), mon «œuvre» était achevée. Mon index resta suspendu en l'air plusieurs secondes au-dessus du clavier, et j'avoue que j'étais étrangement excité en cliquant finalement sur «Envoyer».

Un geste irrévocable : ma lettre traversait maintenant l'infinité de l'espace virtuel, parcourait les kilomètres me séparant de la Principessa, qu'ils soient nombreux ou rares, avant d'atteindre son but à la vitesse de la lumière.

L'aventure avait commencé.

## 6

Objet : *Séduit !*

*Plus belle des Principessas !*

Qui que vous soyez, qui visez mon cœur avec des flèches d'or – après une telle lettre, il ne saurait être question de particules d'or se déposant doucement –, il vous faut savoir que votre missive des plus surprenantes n'a pas manqué l'effet escompté.

Cependant, vous ne devriez pas gager aussi inconsidérément l'un ou l'autre de vos doigts, très chère, car il se pourrait bien que vous ayez encore l'usage de ces jolis appendices, que ce fût pour m'écrire de nouveau, ou pour vous adonner à des activités que la bienséance m'interdit d'exposer plus précisément ici (et si vous rougissez, à présent, cela me vengera de vos rêveries nocturnes, les yeux grands ouverts, dans lesquelles mes mains jouent un rôle osé sans qu'on m'ait consulté).

Si je vous réponds tardivement, avec deux impardonnables jours de décalage, c'est que depuis peu, *pour une raison que j'ignore, l'équilibre de ma vie bien tempérée se voit menacée.*

*Depuis ce matin, voici deux jours, où j'ai sorti votre enveloppe bleu ciel de ma boîte aux lettres, les événements se bousculent curieusement, j'ai grand-peine à trouver le repos, sans parler de dormir, aussi, je vous prie de me croire lorsque je vous assure que ceci est mon premier moment de tranquillité !*

*Votre lettre m'a troublé et charmé, tout à la fois.*

*Depuis jeudi, je réfléchis sans discontinuer à l'identité de celle qui se cache derrière la Principessa. Est-ce une femme que je connais ? Si oui, d'où et depuis quand ? Et dans quelle mesure ? Mon cerveau travaille fébrilement, sans parvenir à un résultat. Car vous me dissimulez tout, tout sauf vos mots chargés d'allusions nébuleuses et de folles promesses.*

*Que dois-je en penser, Principessa ? Sortez de votre cachette ! J'aspire à devenir l'homme le plus heureux que Paris, non, que le monde ait jamais vu ! Las, le bonheur ne se nourrit pas que de paroles, il lui faut également des actes, des actes que je ne demande qu'à accomplir, si seulement vous me le permettiez.*

*Vous m'auriez très volontiers embrassé lorsque nos mains se touchèrent ? Mon Dieu, quiconque écrit ce genre de missive doit savoir embrasser ! Avais-je été frappé de cécité pour laisser échapper cet ins-tant de félicité ? Je m'agace aujourd'hui de ne pas avoir été à l'origine de ce baiser. Comme vous l'avez remarqué avec une grande justesse (et votre référence aux femmes qui se succèdent à mes côtés est non* seulement indiscrète, mais aussi un peu effrontée), je suis un homme qui trouve les belles femmes très attirantes et n'y voit pas un crime. Pourtant, un élément capital a manifestement échappé à mon attention – vous ! Une erreur inexcusable, me semble-t-il.

À présent, vous me punissez en attisant ma curiosité. Si vous savez certaines choses à mon sujet, je ne sais presque rien de vous – et, au bout de deux jours, cette situation confine à l'insupportable.

Dois-je maintenant feuilleter d'anciens albums et carnets d'adresses pour vous trouver ? Vers où porter mes pas ? Dois-je avancer, reculer… ou prendre une tout autre direction ?

Même si vous vous retranchez derrière des paroles piquantes, je devine une femme aimante, amoureuse à tout le moins ; pour cette raison, je vous prie, non, je vous engage vivement, ma belle inaccessible, à payer tribut à votre cœur et au Duc en me livrant un petit indice (auquel succédera, je le souhaite, un grand dîner dans un lieu conforme à votre rang – repas auquel je vous convie sans plus tarder).

Principessa ! Depuis deux jours, je traverse la vie avec un manque de concentration exquis, tant vous occupez mon esprit. Je rate des rendez-vous, je ne prête pas vraiment l'oreille à ce qu'on me dit, j'oublie de manger et vous êtes mon énigme la plus chère. Mais c'est ce que vous vouliez, n'est-ce pas ?

Vous m'avez séduit, et je suis curieux de voir jusqu'où vous m'entraînerez. Si mon imagination ne prenait pas le relais, je ne serais pas l'homme que je suis.

*Je relève donc votre gant : un duc manie très bien le fleuret et ne doit pas craindre un duel, qu'il soit disputé avec tendresse ou violence.*

*Toutefois, je dois également vous mettre en garde, très chère Principessa : je peux me montrer très tenace, et vous ne m'échapperez pas aussi facilement !*

*J'espère de vos nouvelles aujourd'hui même – avec une grande impatience, que vous voudrez bien me pardonner.*

*Votre Duc de Champollion*

Je m'adossai à ma chaise, satisfait. J'avais trouvé le ton juste. La dame voulait du dix-huitième siècle ? Je lui donnais du dix-huitième siècle. Elle était la Principessa, moi le Duc. Si c'était le chemin à suivre pour l'approcher, j'étais prêt à l'emprunter.

L'art de séduire une femme consiste essentiellement à ne pas accepter un non, à ne pas se départir de marques d'attention et à la courtiser comme une reine. En la matière, j'avais compris que chaque femme était une Principessa. Chaque femme était une merveille, chaque femme avait son petit grain bien à elle, qu'il valait mieux accueillir avec magnanimité.

Je souris, détachai gaiement un morceau du croissant qu'Odile, la fille rondelette du propriétaire de la boulangerie, avait emballé dans du papier avec son jumeau, les joues cramoisies après que je lui eus fait un compliment, comme chaque matin. Je m'imaginais déjà très près du but. Après cette lettre, après la

suivante au plus tard, la Principessa se dévoilerait –
aucune femme ne pouvait garder longtemps un
secret, pas même quand c'était le sien. J'allais mettre
ce dernier à l'épreuve avec les plus belles paroles,
jusqu'à ce qu'elle se trahisse et rende les armes.

Et au bout du compte, je remporterais la mise !

Ah, quelle outrecuidance ! Quelle stupidité !
Comme je me surestimais ! Si j'avais pu voir le
futur, ce qui n'est que très rarement un avantage,
mon sourire de contentement se serait vite évanoui.

Contemplant mon courrier, je réfléchissais au
restaurant dans lequel j'emmènerais la Principessa
si elle me plaisait autant que sa lettre, lorsqu'un
discret « pling » m'annonça un nouveau mail.

La Principessa avait répondu !

Étais-je détendu, sûr de ma victoire et conforté
dans mes attentes ? Non. Le cœur battant, je vis les
caractères noirs se matérialiser sur l'écran.

Objet : *Déconcentrée…*

*Mon cher Duc ! Grand impatient !*

*Votre charmante lettre s'est frayé un chemin
jusqu'à moi, je l'ai lue avec émotion, et bien que
n'ayant que peu de temps (des affaires urgentes m'ap-
pellent), je voudrais vous délivrer incessamment de
votre impatience – non pas, et cela vous irritera sans
doute, de votre incertitude concernant ma personne.*

Soyez rassuré, Lovelace ! Si vous vous révélez digne de moi, je vous donnerai tout – même mon nom !

Je suis excessivement heureuse que vous m'ayez répondu, je me réjouis de nos joutes oratoires car, dès votre premier courrier, j'ai su que nous étions sur un pied d'égalité.

Il ne m'avait pas échappé que vous êtes un homme de goût, cependant, votre attirance pour les femmes séduisantes (que vous déshabillez aussi de temps à autre) m'inflige un pincement au cœur, puisque je n'ai pas l'intention de vous partager. Si je savais que vous êtes expert en art contemporain, découvrir que vous vous y entendez à manier la plume m'a surprise et ravie.

Il y a encore tant de choses que j'aimerais connaître à votre sujet, et vous devez également apprendre quelle femme je suis. Enveloppe après enveloppe, d'abord hésitants, puis emportés par la fébrilité, nous nous déferons de nos habits, jusqu'à ce que plus rien ne demeure caché et que nous nous tenions l'un devant l'autre, tels que la nature nous a créés : nus.

J'ai rêvé de vous cette nuit, cher Duc !

Sans crier gare, vous vous teniez au pied de mon lit, vous effleuriez ma peau, vous me caressiez de la plus tendre des façons… Je dois prendre garde à ne pas perdre la tête – et je crains de l'avoir déjà perdue.

Vos paroles me troublent tout autant que votre image.

Par cette belle matinée de mai, je préférerais, de loin, prendre votre main et partir me promener *en votre compagnie, longer toujours les bords de la Seine qui brille au soleil tel un ruban d'argent. Cézanne ferait des allées et venues impatientes sur la berge car nous nous arrêterions sous chaque pont pour nous embrasser… Avouez que ce serait infiniment plus agréable que d'honorer nos devoirs !*

*Votre Principessa (qui tente en vain de se concentrer sur son travail)*

Je secouai la tête en souriant. Cette femme s'entendait à faire sortir un homme de sa réserve. Je n'eus pas longtemps à réfléchir. Tandis que mes doigts se mettaient à voler sur les touches, j'espérais que ma réponse atteindrait encore la très occupée Principessa.

Objet : *Protestation*

*Cara Inconcentrata !*

*(Mes connaissances en italien sont limitées et je ne suis pas certain que ce mot existe, mais il enchante mes oreilles.) Je vous en prie,ne vous laissez pas détourner de votre délicieuse déconcentration ! Promenons-nous au soleil en pensée, au moins. J'avoue volontiers que ce serait plus agréable que de vaquer à de quelconques tâches quotidiennes. Devant des lettres aussi attrayantes, tout sombre dans l'insignifiance.*

*J'ai toutefois une objection à faire valoir : s'embrasser sous chaque pont enjambant notre belle Seine – non, cela ne me plaît pas, je proteste !*

*Pourquoi vous montrer avare de vos baisers, Principessa ? Soyez dispendieuse, cessez de compter ! Au fil de cette promenade printanière, j'aimerais vous embrasser chaque fois qu'il me plaira. Et qu'il vous plaira, sans nul doute. En la matière, aucune femme ne s'est encore plainte à mon endroit, j'espère pouvoir l'affirmer sans m'attirer votre mauvaise humeur.*

*Si seulement je savais quelle jolie fleur j'embrasse là ?!*

*Manifestement, me faire languir encore un peu semble vous procurer grand plaisir. Ne vous montrez pas cruelle !*

*J'ignore quel crime j'ai commis pour que vous me traitiez ainsi. Vous évoquiez dans votre première missive une «fâcheuse aventure» : donnez-moi, s'il vous plaît, le plus minuscule de tous les indices, et je vous laisserai en paix pour le moment !*

*À moins que vous n'ayez peur de ce terrible don Juan pour lequel vous me tenez apparemment ?*


*Votre Duc*


J'aurais mis ma main entière à couper que la Principessa ne laisserait pas cette dernière phrase sans commentaire.

Effectivement, quelques minutes plus tard, un nouveau courrier atterrissait dans ma boîte mail.

J'ouvris le message, curieux. Cette légère passe d'armes me comblait.

Objet : *Une énigme*

*Peur ? Vous vous surestimez, mon cher ami ! Vous n'êtes pas si terrible que cela. Quant à vos baisers admirables, dont aucune femme ne s'est encore plainte, apprenez que les miens sont de taille à rivaliser avec les vôtres. Pour autant, il n'est pas dans la nature d'une Principessa d'être une parmi tant d'autres. Il vous faudra en tenir compte si vous voulez quelque chose de moi. Vous devrez faire preuve de plus d'imagination pour me convaincre.*

*Vous ne me laissez aucun répit, à mon tour de vous quitter sur une énigme, répondant ainsi à votre souhait pressant d'un minuscule indice :*

*Vous me voyez et ne me voyez pas.*
*Vous me connaissez et ne me connaissez pas.*

*Je ne vous en révélerai pas plus ! Cependant, déchiffrer des écrits cryptiques, vous avez ça dans le sang, n'est-il pas, monsieur Champollion ?*

*La Principessa*

*P.-S. : Votre italien a beau être rudimentaire, le mot que vous évoquez existe bel et bien.*

La Principessa était une donneuse de leçons ! Elle me menait par le bout du nez, elle me provoquait et se moquait de moi. Il me semblait presque entendre un rire argentin en lisant son ironique «vous avez ça dans le sang, n'est-il pas, monsieur Champollion ? ».

Pour autant, elle me plaisait. D'une certaine façon, je croyais déjà la connaître, même si je ne savais pas à quoi elle ressemblait.

Naturellement, la courte énigme qu'elle m'avait généreusement destinée ne me faisait pas progresser d'un pouce. Bon, au moins, je savais maintenant qu'il s'agissait d'une personne que je voyais et connaissais. Sans *vraiment* la voir ou la connaître, à en croire le subtil distique de mon petit sphinx, deux vers teintés d'une pointe de reproche – je ne pensais pas me tromper.

Dans ces conditions, beaucoup de femmes de mon entourage entraient en ligne de compte. Au fond, cela aurait même pu être Odile, qui me tendait toujours les croissants avec un sourire timide. Qui sait, la jeune fille cachait peut-être une âme romantique sous des dehors réservés. Je ne pouvais pas non plus exclure Mlle Conti. M'étais-je jamais demandé sérieusement quels abîmes insondables pouvaient se dissimuler derrière cette gouvernante pour clients mal embouchés ? À moins que ce ne soit Mme Vernier, finalement ? L'allusion à Cézanne me revint soudain à l'esprit. Serait-ce une piste à suivre ? Cela ne pouvait pas être Charlotte, en tout cas, son écriture était différente; néanmoins, elle était la seule à m'avoir appelé «mon petit Champollion» et à fantasmer sur la pierre de Rosette.

J'imprimai les courriers, songeur. Bruno n'avait pas tout à fait tort en avançant qu'il pouvait s'agir d'une femme à laquelle je n'accordais ou n'avais pas accordé assez d'attention. Je déposai la vaisselle dans l'évier, attrapai ma veste et pris le chemin de la Galerie du Sud.

Il était déjà onze heures et demie, et je devais vaquer à mes occupations.

## 7

Ce samedi de printemps là, il régnait à Saint-Germain une grande animation. Les habitants du quartier traçaient leur chemin avec détermination à travers les rues, remplies de touristes qui s'arrêtaient devant chaque vitrine pour y écraser le nez. Des couples d'amoureux déambulaient bras dessus, bras dessous, sur les trottoirs étroits. Des automobilistes klaxonnaient, des motocyclistes passaient en pétaradant ; devant les Deux Magots, les gens, assis au soleil, contemplaient l'église Saint-Germain-des-Prés. On se disait bonjour, bise à droite, bise à gauche, on parlait, on fumait, riait et remuait son café crème ou son orange pressée. Tout Paris semblait de bonne humeur, une bonne humeur contagieuse.

Je montai avec entrain la rue de Seine. Une légère brise ébouriffait mes cheveux, la vie était belle et pleine de surprises fantastiques. Au moment où j'approchais, je vis deux hommes habillés avec élégance quitter la Galerie du Sud, sans cesser de rire et de gesticuler avec les mains. Ils disparurent dans une rue adjacente.

Je poussai la porte de la galerie. Sur l'instant, j'eus l'impression qu'elle était vide, puis j'aperçus Marion et je manquai m'étouffer.

Cette fois, elle avait décroché le pompon !

Assise sur un des quatre tabourets en cuir, devant le bar à expressos, au fond de la pièce, elle se limait les ongles en fredonnant. Le haut de ses longues jambes était sommairement couvert par un pan de daim marron, dont il était impossible de dire avec précision s'il s'agissait d'une jupe ou d'une large ceinture. Quant à son chemisier blanc, il offrait une vue plongeante sur un décolleté plus profond que celui d'une serveuse de plage à Hawaï.

— Marion ! lançai-je.

— Aaah, Jean-Luc ! se réjouit Marion, avant de poser sa lime et de glisser en bas du tabouret. C'est bien que tu sois là. Bittner vient d'appeler, il veut savoir si vous pouvez vous voir aujourd'hui.

— Marion, ce n'est vraiment pas possible ! déclarai-je, indigné.

— Alors il vaut mieux le rappeler tout de suite, répliqua Marion avec naturel.

— Je veux parler de ton accoutrement, précisai-je en la détaillant, incrédule. Écoute, Marion, il faut que tu décides si tu veux travailler comme animatrice au Club Med ou dans une galerie. Qu'est-ce que c'est que ce pagne ?

— Sexy, hein ? C'est Rocky qui me l'a achetée, fit Marion qui se mit à tourner sur elle-même. Admets que je peux porter ce genre de chose.

— Je veux bien l'admettre, mais pas dans ma galerie ! m'exclamai-je en essayant de prendre un ton autoritaire. Si tu perturbes nos clients et qu'ils ne savent pas s'ils doivent regarder d'abord ton soutien-gorge ou ta petite culotte, ils auront du mal à s'intéresser aux toiles accrochées ici.

— Tu exagères, Jean-Luc ! Pour commencer, on ne voit pas mes sous-vêtements et c'est dommage. Ensuite, deux Italiens adorables viennent de sortir et ma tenue ne les a absolument pas dérangés. – Elle tira avec décontraction sur sa jupette et arbora un sourire triomphant. – Au contraire, on a bien discuté et ils ont même acheté le grand tableau de Julien. Ils ont prévu de passer le prendre lundi, tiens ! – Elle me tendit une carte de visite. – Au moins, les Italiens savent apprécier qu'une femme se fasse jolie.

Je pris la carte et menaçai Marion de l'index. Cette fille avait toujours un argument à opposer et elle s'en tirait trop facilement.

— Marion ! J'attends de toi que tu te présentes ici dans une tenue acceptable. Une tenue acceptable pour des Français bon chic bon genre, j'entends, compris ? Si je te croise encore dans cette micro-jupe de strip-teaseuse, je te tombe personnellement dessus !

Elle eut un large sourire et ses yeux verts se mirent à étinceler.

— Aaah, mon petit tigre, tu me fais une de ces peurs… Encore que… – Elle m'examina de la tête aux pieds, comme si elle me voyait pour la première fois. – Me tomber dessus ? Ce n'est pas une mauvaise idée, finalement. – Elle mordilla son index en minaudant, puis secoua la tête. – Non, j'ai peur que Rocky ne soit pas d'accord.

— Bon, tout est clair, alors, déclarai-je.

— Tout est clair, chef ! répéta Marion avant de m'adresser un clin d'œil.

Elle se pencha pour resserrer la boucle de sa chaussure droite, me tendant son derrière. L'espace d'un instant, la main me démangea, mais je me maîtrisai à temps et cette gamine effrontée échappa à la tape qu'elle méritait, au fond.

Marion se redressa, arrangea son chemisier avec une lenteur étudiée et ferma tout de même un bouton pour moi. Je lui donnai l'instruction de s'occuper du courrier en attente, de ne pas fermer la galerie avant quatorze heures et d'appeler l'imprimeur qui devait réaliser les cartons d'invitation pour le vernissage de Soleil – ce serait la dernière exposition avant que les vacances d'été ne débutent et que Paris ne se vide. Quand il s'agissait de négocier une réduction, Marion était imbattable.

— Oui, oui, oui, fit-elle en hochant patiemment la tête, avant de brandir le combiné du téléphone sous mon nez. N'oublie pas Bittner !

— Bittner ? Ah, c'est vrai !

Je trouvai Karl au Duc de Saint-Simon (il fait partie de ces gens pour qui la journée ne commence qu'à onze heures) et nous convînmes que je passerais le prendre pour aller manger un morceau à la Ferme. En raccrochant, il me vint à l'esprit que j'avais négligé de demander à Luisa Conti qui était la dame qui m'avait réclamé au téléphone.

Ce ne pouvait être qu'une cliente qui n'avait pas pu me joindre à la galerie. À moins que quelqu'un d'autre ne se cache derrière cet appel ? Une créature qui ne voulait pas se dévoiler ? Je commençais à travailler du chapeau !

Je sortis et Marion me fit gaiement signe, de l'autre côté de la vitre. Je lui rendis son salut. Malgré nos accrochages, il était rassurant de la voir là, dans la boutique, si familière, en train de glisser un chewing-gum dans sa bouche.

Car, même si j'avais l'impression de ne plus trop savoir où j'en étais, en ce moment – sans parler des femmes qui se mettaient à surgir à tout bout de champ et troublaient mon existence –, une chose était sûre : Marion n'était pas la Principessa. Marion n'était que Marion, voilà tout. Et je lui en étais vraiment reconnaissant. Lorsque j'entrai au Duc de Saint-Simon, j'étais encore perdu dans mes pensées et préparé à tout, sauf à la scène grotesque qui s'offrit à mes regards. Je me figeai sur place, stupéfait.

Karl Bittner était agenouillé devant le bureau de la réception ; plus exactement, il était prosterné devant Mlle Conti, qui avait ôté ses lunettes noires et venait de laisser échapper un rire discret.

— J'espère que je ne dérange pas ?

C'était censé être drôle, mais je notai le ton légèrement irrité de ma voix. Qu'était-ce à dire ? Serais-je jaloux de Bittner et de la tête de mule ?

Bittner, toujours à quatre pattes, tourna la tête dans ma direction et eut un large sourire, pas décontenancé pour un sou.

— Mais non, cher ami, vous ne dérangez pas du tout. Nous cherchons juste le stylo plume de Mlle Conti.

Je m'attendais à ce qu'il m'invite à participer à cette recherche dans la bonne humeur. Mais le « nous » enjoué ne m'incluait manifestement pas et Mlle Conti fixait aussi le sol en souriant, comme si je n'existais pas. Quelque chose flottait dans l'air, difficile de déterminer quoi, un regard, une odeur – et fugitivement, je me sentis transporté dans le Hyères de mon enfance.

— Veuillez m'excuser de ramper à vos pieds, déclara Bittner en passant la main sous la base du bureau ancien.

Je réintégrai le présent et émis un reniflement de mépris. Impossible de faire plus banal. Quelle honte de jouer autant les charmeurs !

Pourtant, Luisa Conti ne paraissait pas s'en formaliser. Elle produisit un bruit amusé et répliqua :

— Ah… Je ne m'oppose pas à ce qu'il y ait des hommes à mes pieds !

— Il faut que je repasse plus tard, peut-être ? demandai-je.

— Aaah, le petit coquin est là !

Sans prêter attention à mes dernières paroles, Bittner saisit le capricieux stylo plume et se redressa avec la souplesse d'une panthère, avant de remettre l'objet à sa propriétaire, d'un geste ample.

— Voilà !

— Merci, monsieur Charles !

Monsieur *Charles* ? Je jetai un coup d'œil à Mlle Conti, déconcerté. Était-ce une impression ou avait-elle rougi ?

— Ce sera toujours un plaisir, indiqua Bittner en esquissant une courbette.

Estimant qu'il était temps de mettre un terme à cet assaut d'amabilités, je me raclai la gorge pour me rappeler à leur bon souvenir.

Bittner se tourna vers moi et Mlle Conti m'adressa un bref coup d'œil. On remarquait ma présence, tout de même.

— Alors ? On y va ?

Bittner hocha la tête, puis son portable sonna. Il le sortit de la poche de sa veste, dit « Oui » et écouta un moment.

— Excusez-moi, Jean-Luc, je vais devoir vous faire attendre quelques instants, annonça-t-il à voix basse, en couvrant l'appareil avec sa main, avant de sortir dans la cour intérieure de l'hôtel.

Je regardai à travers les portes-fenêtres blanches, et vis Bittner aller et venir en gesticulant.

Ensuite, je détaillai Mlle Conti dont le teint avait retrouvé sa couleur normale. Assise derrière le bureau, dans son fauteuil en cuir, elle tournait les pages de son grand livre des réservations comme si rien ne s'était passé.

— Au fait, mademoiselle Conti ?

— Oui, monsieur Champollion ? Que puis-je pour vous ?

Elle rajusta ses lunettes noires et me considéra avec l'amabilité professionnelle d'une religieuse sévère qui n'a que peu de temps – je dois dire que son «monsieur Champollion» revêtait des accents nettement moins gentils que le «monsieur Charles» que je venais d'entendre.

— Quelqu'un a téléphoné pour moi... Une femme...

— Oui, c'est juste. Une dame vous a réclamé ce matin, mais elle a dit que ce n'était pas très important et qu'elle se manifesterait à nouveau.

Elle baissa les yeux sur son livre, comme si l'affaire était classée.

— Et comment s'appelait cette dame ? m'enquis-je avec agacement.

Mlle Conti haussa les épaules.

— Oh, pour être honnête, je n'ai pas retenu son nom. Après tout, elle avait prévu de vous appeler à la galerie et j'étais débordée, expliqua-t-elle, avant de se taire un moment et de mordiller son

stylo plume. Je crois que c'était une Américaine…
une… Une June quelque chose.

Une June ?! June Miller m'aurait demandé ?!

Je m'accoudai au plateau en bois, excité. Cela
changeait tout !

— Mademoiselle Conti, faites un effort de
mémoire, s'il vous plaît ! Je connais une Américaine qui s'appelle Jane Hirstman. Et je connais
une Anglaise qui s'appelle June Miller. Alors – qui
m'a réclamé ? Jane ou June ?

— Hm, fit Mlle Conti en fronçant les sourcils, puis elle me lança un coup d'œil impuissant.
June… Jane… Cela sonne pareil, vous ne trouvez
pas ?

Elle eut un sourire hésitant.

— Non, nullement, objectai-je en élevant la voix,
à moins d'avoir une cervelle comme une passoire.

Le sourire disparut. Mlle Conti lissa sa chevelure sombre et luisante, nouée comme toujours sur
sa nuque. Elle enserra nerveusement son chignon,
comme pour s'assurer que chaque cheveu était toujours à sa place. À présent, elle me faisait presque
pitié. Je me mordis la lèvre inférieure. Je n'aurais
pas dû faire allusion à cette passoire… Repentant,
je réfléchissais à quelques mots d'excuse lorsque
Luisa Conti posa avec détermination ses mains de
jeune fille sur le bureau et se releva.

— Eh bien, monsieur, déclara-t-elle en me
fixant comme si son regard me traversait, je crains
de ne pas pouvoir vous aider davantage en la

matière. – Elle avait l'air très offensé. – Évidemment, j'aurais dû noter correctement le nom de cette Jane… ou June, mais j'ignorais que c'était capital pour vous. – Elle se tut un moment, avant d'ajouter froidement : – Cela ne semblait pas essentiel pour la dame, en tout cas, puisqu'elle ne m'a même pas chargée de vous transmettre un message. J'ai quand même jugé bon de vous informer de son appel. C'était peut-être une erreur.

Je soupirai.

— S'il vous plaît, mademoiselle Conti, ce n'est pas ce que je voulais dire. Vous avez parfaitement agi, ce n'est pas votre faute, certainement pas, assurai-je en lissant avec embarras son sous-main en cuir vert foncé, non sans penser à la mystérieuse Principessa et à cette «fâcheuse aventure» qui s'appliquait on ne peut mieux à June. Malgré tout…

— Malgré tout… ?

Luisa Conti m'adressa un regard interrogateur, et je décidai de la mettre dans la confidence.

— Malgré tout, il serait important pour moi de savoir si c'est une Jane ou une June qui m'a demandé. Je ne veux pas vous ennuyer avec des détails de ma vie privée, mais cela m'aiderait beaucoup à résoudre une question délicate. Quelque chose qui me préoccupe et me prive de sommeil…

J'écartai les mains et attendis.

Luisa Conti restait muette; manifestement, elle se demandait si elle devait accepter le calumet de la paix. Finalement, elle dit :

— Je connais ces dames ?

— Mais oui, répondis-je, soulagé. Jane a très souvent logé à l'hôtel, surtout depuis que vous travaillez ici. Jane Hirstman – c'est cette Américaine aux cheveux très roux, grande, qui parle fort. Une de mes bonnes clientes, vous vous rappelez ?

Luisa Conti hocha la tête.

— Celle qui trouve toujours tout *amazing ?*

— Exactement, confirmai-je avec un large sourire.

— Et June ? C'est aussi une de vos bonnes clientes ?

— Euh… Non, en fait.

Envahi par la nostalgie, je songeai à la belle June et au fait que je l'avais perdue, par mon comportement inconsidéré.

— Est-ce qu'elle a déjà séjourné au Saint-Simon ?

— Séjourné, non, mais elle est venue ici… Il y a un an grosso modo, un matin de mars, il tombait des cordes… C'est une jeune Anglaise au tempérament fougueux, les cheveux châtains…, précisai-je avant de me racler la gorge, gêné. Vous étiez là, vous aussi, je doute que vous ayez oublié. Il y a eu… voyons… Il y a eu une certaine scène… de la vaisselle cassée…

Pour la seconde fois, ce jour-là, je vis Mlle Conti rougir.

— Oh… *ça,* fit-elle seulement, et je sus qu'elle n'avait pas oublié.

June Miller était la plus jalouse de toutes les petites amies que j'ai eues. Non sans raison, parfois, car lorsque nous fîmes connaissance, il y avait une autre femme dans ma vie – Hélène.

Nous nous étions séparés en toute amitié, après qu'Hélène se fut installée, sur un coup de tête, avec un architecte qui s'avéra être un homme génial, mais pas toujours simple. Cela ne l'empêchait pas de me contacter de temps à autre, et chaque fois que June s'en rendait compte, c'était la crise.

— *Fuck!* Qu'est-ce qu'elle te veut, cette femme? Il faut qu'elle te laisse tranquille une bonne fois pour toutes! s'était-elle écriée un jour, déchaînée, avant de lancer mon téléphone portable à travers la chambre.

Rares sont les femmes encore attirantes une fois transformées en furies. June en faisait partie. Même en plein accès de colère, elle avait l'air superbe. Ses longues boucles brun clair retombaient sur ses épaules nues et ses yeux vert mousse lançaient des éclairs indignés. Je l'avais prise dans mes bras et entraînée dans le lit.

— Viens par ici, mon petit chat sauvage, comme tu es belle, lui avais-je chuchoté à l'oreille. Laisse donc Hélène. C'est une vieille amie, rien de plus. Et elle a des soucis avec son mec.

— *So what?* En quoi ça te regarde? Elle n'a qu'à discuter de ses problèmes relationnels avec une amie, pas avec toi! *That's not okay!* s'était exclamée June en croisant les bras, butée.

Avec le recul, il me semble qu'elle n'avait pas tout à fait tort, mais à l'époque, cela flattait sans doute ma vanité masculine qu'Hélène continue à m'accorder sa confiance.

June avait les yeux d'Argus, rien ne lui échappait et elle surveillait jalousement chacun de mes pas. Surtout depuis qu'elle avait trouvé la facturette de Sabbia Rosa dans mon portefeuille.

Sabbia Rosa est *la* boutique de lingerie parisienne ; un petit magasin, rue des Saints-Pères. Quand on cherche des dessous qui sortent du lot, c'est là qu'on les trouve.

Alors que j'étais avec June depuis deux semaines et que ma vie se déroulait essentiellement entre ma chambre et la galerie, j'avais vu un matin, en passant, une ravissante nuisette en soie parsemée de fleurs délicates dans la vitrine de Sabbia Rosa. Comme destinée à une fée du printemps. Au départ, ayant l'intention de ne l'acheter que pour June, j'avais demandé qu'on me l'apporte en taille M. Puis j'avais songé qu'Hélène venait de fêter son anniversaire. Je l'avais appelée pour l'occasion et j'avais trouvé qu'elle avait une voix très triste. Brusquement, j'avais jugé sympathique de lui offrir, à elle aussi, une de ces nuisettes. Pour la réconforter, pour marquer le coup, en guise de cadeau d'adieu pour les beaux moments passés ensemble.

Les vendeuses de lingerie françaises n'ignorent rien de la condition humaine. Lorsque j'avais déclaré à l'employée, une femme âgée, qu'il me fallait la taille au-dessous, elle avait mal compris et repris la taille M pour la raccrocher.

— Si l'article ne convient pas, il est possible de procéder à un échange, bien entendu, avait commenté Madame en s'approchant de l'étalage pour décrocher la taille S exposée sur un mannequin.

— Ah non, j'aurais besoin des deux, avais-je expliqué, embarrassé. Une en S, l'autre en M. Ce sont deux femmes… pour ainsi dire.

Woody Allen aurait difficilement pu faire mieux.

La vendeuse s'était retournée et avait souri.

— Mais, monsieur, c'est tout à fait normal, avait-elle assuré, avant d'emballer soigneusement chaque nuisette dans du papier de soie et de me tendre deux charmants paquets, qui avaient suscité l'enthousiasme des deux destinataires.

Des larmes d'émotion étaient montées aux yeux d'Hélène, qui m'avait gratifié d'un «C'est adorable» tout en caressant le fin tissu fleuri.

June avait poussé un cri de joie, avant de me donner un baiser et de se débarrasser précipitamment de ses vêtements pour enfiler sa tenue légère. Elle avait dansé avec entrain dans tout mon appartement. Mais trois jours plus tard seulement, la fée du printemps devait se muer en une déesse de la vengeance.

Pour faire bref : June n'avait pas trouvé «tout à fait normal» de découvrir, dans mon portefeuille, une facturette attestant de l'achat de deux nuisettes identiques dans des tailles différentes. Quant au fait que la plus petite, de surcroît, soit destinée à celle qui l'avait précédée, il m'avait valu des invectives et une gifle retentissante.

Acheter deux nuisettes n'était pas une bonne idée, je l'avoue. June avait fini par me pardonner. Si elle s'emportait facilement, elle était également prompte à s'amadouer.

Mon faux pas allait néanmoins préparer le terrain à un horrible esclandre, qui se produisit quelques mois plus tard au sein même du Duc de Saint-Simon.

Ce devait être le moment le plus gênant et le plus absurde de ma vie – aujourd'hui encore, je me sens très mal rien que d'y penser.

C'est ce jour-là que June me quitta, même si, je le jure, j'étais parfaitement innocent, cette fois.

Les apparences étaient contre moi. Ce soir-là, j'avais conduit Jane Hirstman au Saint-Simon après un rendez-vous d'affaires. Elle était sens dessus dessous parce que son compagnon (l'Américain du Midwest, un homme de deux mètres incapable de rentrer dans le « *little* lit des nains de *Snow White* », vous vous souvenez ?) avait quitté la France plus tôt que prévu, après une dispute. June était partie à Deauville pour quelques jours avec une amie de Londres. J'avais demandé à Jane si elle voulait boire un verre – sans aucune arrière-pensée, simplement, elle me faisait de la peine. Elle avait hoché la tête et s'était contentée de dire

«*Double*», voulant sans doute faire allusion à un double whisky. Après plusieurs *doubles,* je l'avais accompagnée jusqu'à sa chambre. Jane Hirstman n'est pas le genre de femme qui pleure ou sanglote quand quelque chose dans sa vie va de travers. Elle m'avait quand même prié de rester encore un peu, et j'étais resté.

Il ne s'était rien passé de plus.

Je m'étais allongé près d'elle, j'avais pris sa main et lui avais assuré que tout irait bien. J'avais l'intention de rentrer chez moi une fois qu'elle se serait assoupie, mais la fatigue m'avait terrassé, moi aussi, et nous nous étions endormis côte à côte, comme un frère et une sœur.

Le lendemain matin, avant même d'ouvrir les yeux, j'avais entendu la voix de June.

— Salaud ! criait-elle. Ça suffit comme ça !

Non, ce n'était pas un cauchemar. June se tenait au pied du lit king-size. Blême de colère, elle nous fixait tour à tour, Jane (totalement perplexe) et moi, l'air haineux.

— C'est pas possible ! avait-elle lancé, écumante. Je n'y crois pas !

Alors que je desserrais les lèvres, elle m'avait devancé :

— Épargne-moi tes explications. Je ne veux rien entendre. C'est fini !

J'avais bondi au bas du lit. Au moins, j'étais encore habillé, mais cela ne paraissait pas perturber June.

— June, s'il te plaît… – Alors, j'avais prononcé cette phrase ô combien stupide que prononcent beaucoup d'hommes : – Ce n'est pas ce que tu crois.

Sauf que, cette fois, c'était vrai.

June avait poussé un soupir exaspéré et s'était dirigée vers la porte, grande ouverte.

— Il ne s'est rien passé du tout ! avais-je déclaré en courant derrière elle, en chaussettes, descendant l'escalier qui menait à la réception. Jane est une vieille connaissance… elle n'allait pas bien hier soir…

— Jane n'allait pas bien ? avait répété June d'une voix dangereusement basse, avant de s'exclamer, si fort que sa voix stridente avait retenti à travers tout l'hôtel : JANE N'ALLAIT PAS BIEN ?! *Pauvre* Jane ! C'est aussi une de tes ex à qui tu dois offrir de la lingerie pour la réconforter ? En L, cette fois, peut-être ?!

Elle était passée en trombe devant la réception où Mlle Conti était assise derrière son bureau, la mine impassible.

— June, s'il te plaît… Calme-toi… Attends…

J'avais réussi à l'attraper par le bras, puis j'avais glissé sur les dalles lisses et m'étais affalé par terre. Un spectacle ridicule, sans nul doute – à cet instant, j'avais payé pour tous mes petits péchés.

De son côté, June était arrivée au bout du cinquième acte de notre drame à la Shakespeare.

— *Fuck off !*

Elle avait littéralement craché les mots dans ma direction, avant de sortir en courant sous la pluie. Ce devaient être les derniers mots de June Miller à mon intention.

Je m'étais relevé, sonné, et mon regard était tombé sur Mlle Conti, témoin muet de mon ignominie. À ma grande colère, j'avais senti que je rougissais. Il ne manquait plus que cela ! Assise là, dans son tailleur impeccable, avec sa coiffure impeccable, Luisa Conti ne laissait rien paraître. Elle était irréprochable, ce genre de chose ne lui arrivait pas, bien sûr… Son équanimité virginale m'avait aiguillonné.

— Ne me regardez pas avec cet air impassible ! l'avais-je apostrophée.

J'avais vu, non sans satisfaction, qu'elle tressaillait. Ensuite, j'avais rejoint la sortie et fixé un moment, frappé de stupeur, la pluie qui tombait à torrents.

June était bel et bien partie.

En retournant à l'intérieur, je m'étais rendu compte que Mlle Conti avait quitté son bureau. Brusquement, tout l'hôtel semblait désert, donnait l'impression de retenir son souffle, effrayé.

Puis j'avais entendu des pas dans l'escalier. Je m'étais retourné vivement, pensant que c'était Jane, et j'étais entré en collision avec Luisa Conti qui remontait de la cave, une pile d'assiettes en porcelaine dans les bras. Comme au ralenti, j'avais vu la vaisselle tomber par terre et se briser en des dizaines de morceaux.

À l'époque, on pouvait acheter au Duc de Saint-Simon – là et seulement là ! – la vaisselle Impératrice Eugénie, fabriquée pour l'hôtel par Haviland, manufacture de porcelaine de Limoges. Beaucoup de clients en profitaient pour acquérir ce précieux souvenir, dont le décor bleu, bordeaux et jaune d'or n'aurait pas déparé dans un boudoir.

Je considérais les débris à mes pieds, tel Hamlet son crâne. Être ou ne pas être… C'était le clou d'une représentation peu glorieuse.

— Oh non ! s'était exclamée Mlle Conti, consternée, avant de s'accroupir et de se mettre à rassembler les morceaux. Quel manque de chance ! Ça va barder.

J'étais sorti de ma léthargie.

— Attendez, je vais vous aider, avais-je proposé en m'asseyant sur les talons, près d'elle. Faites attention, les bords sont très coupants.

Nos regards s'étaient croisés un instant, tandis que nous remédiions en silence à l'accident. Qu'ajouter, aussi ?

— Tout est ma faute, avais-je avoué finalement, mal à l'aise, en examinant, au creux de ma main, un fragment de vaisselle joliment peint.

Je ne cessais de me repasser le film ayant June pour actrice déchaînée, ses mots résonnaient dans mes oreilles. J'aurais voulu que la terre s'ouvre pour m'engloutir. Au lieu de cela, je m'étais relevé et j'avais tenté de sourire, en vain.

— Mouais. On dirait que ce n'est pas ma journée.

Luisa Conti s'était redressée, elle aussi. Elle m'avait regardé quelques secondes sans rien dire, sans que ses yeux, derrière ses lunettes foncées, ne révèlent le fond de sa pensée. Elle devait être en colère contre l'idiot qui troublait le calme de son élégant hôtel. Mais ensuite, elle avait frotté plusieurs fois sa jupe bleu foncé du plat de la main et déclaré :

— Je suis vraiment désolée pour vous.

Cela paraissait sincère, à moins qu'elle ne soit parfaitement maîtresse d'elle-même.

— Non, non, avais-je objecté en levant les mains. C'est moi qui suis désolé. Je paierai la vaisselle cassée, ne vous faites pas de souci. Je vais m'en occuper.

Un minuscule sourire avait glissé sur le visage de Mlle Conti. Malgré sa fugacité, je l'avais aperçu. Il y avait tout de même un petit quelque chose que j'avais fait comme il fallait.

Il n'empêche, ce sinistre jour de mars, ma belle jalouse avait quitté ma vie en sortant en trombe du Duc de Saint-Simon. Mes tentatives pour la reconquérir, d'abord pressantes, puis mollissant, s'étaient heurtées à un mur.

Miss June se drapait dans un silence glacial.

Peu de temps après, j'avais appris, par une amie, qu'elle était retournée à Londres.

Plus d'une année s'était écoulée, depuis. Mais le temps, qui panse les plaies, a également la faculté

128

de projeter un éclairage particulier sur le passé. Soudain, on soupire en ne se rappelant que les belles choses, irrémédiablement perdues.

L'étaient-elles réellement ?

Se pouvait-il que June soit revenue sur les lieux de la fin abrupte de notre histoire ? Avait-elle écrit les mystérieuses lettres ? M'aurait-elle, paradoxalement, pardonné un acte que je n'avais jamais commis ? Sa colère avait-elle cédé la place à la raison ? Toujours est-il que mon épistolière avait admis qu'elle était « au moins aussi coupable ».

Je souriais au sous-main placé sur le bureau, songeur. Dans mon prochain courrier, je poserais quelques questions appropriées à la Principessa…

— Jean-Luc ! On y va ? Ou passe-t-on la journée à la réception, en compagnie de cette charmante dame ?

Je sentis une main sur mon épaule et réintégrai la réalité. Bittner avait achevé son coup de fil interminable et en remettait une couche.

— La charmante dame n'a vraiment pas le temps, malheureusement, répliqua Mlle Conti avec impertinence.

Bittner eut un large sourire, et ses yeux bruns restèrent posés sur elle un peu plus longtemps que nécessaire.

— Dommage, dommage. Peut-être une autre fois ?

— Peut-être.

— Je vous prends au mot.

Avec toutes ces roucoulades, on se serait cru dans un film à l'eau de rose…

Je levai les yeux au ciel, incommodé. Pour la première fois de ma vie, j'avais l'honneur douteux de tenir la chandelle. Une fonction peu appréciable. Ç'aurait été un sacré euphémisme de dire que je me sentais de trop, si bien que j'aimerais plaider ici et maintenant en faveur du retrait de ce rôle ingrat, dans quelque scénario que ce soit.

— Il faudrait vraiment y aller, les cuisines vont fermer.

Le prosaïsme de mes paroles ne m'échappa pas, mais il eut l'effet escompté. Bittner tourna les talons avec un « À ce soir ! » enjoué, et je pus enfin poser la question qui me brûlait les lèvres.

— Alors ? m'enquis-je, le cœur rempli d'espoir. Jane ou June ?

Mlle Conti haussa les épaules, perplexe.

— Difficile de trancher. Après tout, ce n'était qu'un bref échange téléphonique. Mais je suis certaine que cela ne pouvait être qu'une des deux – June ou Jane.

June ou Jane. Bon. En fin de compte, mes chances de tenir la Principessa au bout de ma ligne étaient de cinquante contre cinquante. Le petit poisson s'imaginait encore être en sécurité. Mais bientôt, je le tirerais hors des profondeurs de l'océan.

## 8

Ce soir-là, je partis faire une longue promenade avec Cézanne.

La nuit approchait déjà. Alors que j'empruntais en flânant une des allées sablonneuses des Tuileries, jalonnées de hauts arbres, je sentis le calme s'installer peu à peu en moi. Je humais profondément le parfum des fleurs de marronnier, je considérais mon chien qui s'ébattait. Tout était si paisible que, l'espace d'un instant, j'eus le sentiment de me promener dans un tableau de Monet.

Cézanne revint vers moi et me sauta dessus avec enthousiasme. J'eus un sourire attendri. Ce qu'il y a de fantastique avec les chiens, c'est qu'ils vous pardonnent toujours et ne se vexent jamais. Cela les distingue des chats, et de presque toutes les femmes.

Il ne m'avait pas vu de toute la journée et j'étais à peine disponible pour lui depuis jeudi. Pourtant, vers dix-huit heures, quand j'avais enfin sonné à la porte de Mme Vernier, j'avais entendu retentir des aboiements joyeux. Cézanne m'avait accueilli avec presque autant de chaleur que ma voisine, qui s'était renseignée sur l'état de ma tête et m'avait demandé si elle pouvait encore faire quelque chose pour moi.

Honnêtement, il avait fallu que je réfléchisse pour saisir de quoi elle parlait. Puis j'avais brièvement palpé ma bosse et eu un signe insouciant de la main, comme un super-héros.

Compte tenu de tout ce qui s'était passé *après* que l'haltère en caoutchouc de Mme Vernier se fut abattu sans ménagement sur l'arrière de mon crâne, la nuit dernière, cette légère blessure m'apparaissait négligeable.

Les lumières s'allumaient au Café Marly, juste à côté du Louvre. Il y avait encore des clients dehors, sur la terrasse. Une brise se leva et vint jouer avec la longue enseigne en tissu rouge hissée devant les murs couleur grès. Les lettres composant le nom du restaurant y étaient peintes tels des signes chinois.

J'y avais souvent mangé, dans le passé. Le soir en particulier, lorsque le ciel s'assombrit, c'est une sensation assez magique que d'avoir, depuis le restaurant, une vue plongeante sur les sculptures éclairées de la cour Napoléon.

Mais il faut à cette magie un certain silence pour opérer. Un silence qu'on ne trouve plus que rarement au Marly, de nos jours. La musique est trop forte, le brouhaha considérable, et le menu – une étrange ronde de plats franco-italo-thaïlando-américains, menée par un «hamburger» (j'en ai déjà mangé de meilleurs dans les fameuses chaînes, nettement plus abordables et pas décomposés façon «nouvelle cuisine») – me laisse songeur.

Étaient-ce les conséquences de la mondialisation? Ou une forme de fayotage ultime auprès des touristes du monde entier?

Quoi qu'il en soit, le Louvre reste impassible et la situation de l'établissement est d'une beauté unique. Quand on se dirigeait vers lui, comme moi en ce moment, on n'avait qu'une envie : y entrer.

Je remis sa laisse à Cézanne. Les conducteurs qui voulaient traverser la Seine passaient devant la pyramide de verre illuminée, roulaient sur les pavés en cahotant et franchissaient les arcades pour rejoindre le pont du Carrousel. Je choisis moi aussi cet itinéraire.

Ce soir-là, je comptais aller me coucher tôt – non sans avoir consulté ma boîte mail pour voir si la Principessa, malgré un emploi du temps très chargé, ne m'avait pas adressé un autre message.

Depuis que je soupçonnais June d'être à l'origine de cette affaire, j'étais redevenu beaucoup plus serein, curieusement. Cette nuit-là, il n'y aurait pas d'opération imprévue; tous les indicateurs étaient au vert, en tout cas.

Après un copieux déjeuner avec Karl Bittner, qui a) souhaitait réaliser un calendrier illustré par les tableaux de Julien et b) m'avait rebattu les oreilles du «charme de la petite réceptionniste», j'avais pris le métro, direction le Champ-de-Mars, pour rendre visite comme promis à Soleil Chabon.

À ma grande surprise, la porte s'était ouverte après la première sonnerie. Soleil avait fait honneur à son prénom en m'accueillant avec un sourire rayonnant, vêtue d'un caftan rouge descendant jusqu'au sol. Dans sa minuscule cuisine, elle avait préparé un *chai* avec des mouvements gracieux, tout en m'expliquant que la crise était passée : elle s'était levée très tôt, ce matin-là, et s'était remise à peindre.

— Mon pauvre, avait-elle compati. J'ai dû te rendre dingue, mais j'ai vraiment cru que je n'étais plus capable de produire quoi que ce soit.

Elle avait versé le thé et s'était assise à côté de moi, sur son immense canapé gris où Onionette avait pris ses aises.

Soleil s'était mise à caresser sa fourrure de ses mains brunes aux attaches délicates.

— Gentille, gentille Onionette, avait-elle fait tendrement. J'étais tellement contente que tu viennes. C'était très important pour moi.

Elle avait prononcé ces deux dernières phrases comme si elle s'adressait toujours à son chat.

— Pour moi aussi. Les amis sont là pour ça, non ?

Alors que nous étions installés depuis quelques minutes sur le canapé, Soleil, Onionette qui ronronnait et moi, je m'étais soudain demandé ce qui différenciait l'amitié de l'amour, et quel rôle le sexe jouait là-dedans.

— Sinon, tout est OK, maintenant ?

Je ne voulais pas m'immiscer plus que nécessaire dans sa vie privée.

Soleil s'était tournée vers moi.

— Oui, avait-elle répondu en hochant plusieurs fois la tête. Parfaitement OK. – Elle avait souri, avant de bondir. – Viens, il faut que je te montre quelque chose !

Elle m'avait entraîné dans son atelier, en passant à côté de son «lit» défait devant lequel je m'étais tenu la veille, tel un somnambule, et s'était plantée devant son chevalet.

— Alors, qu'est-ce que tu en dis ?

J'avais pris une profonde inspiration. Mon regard avait caressé le portrait d'une femme à la peau claire, vêtue d'une robe bordeaux. Elle se tenait de profil devant un rideau rouge foncé et fixait avec sérieux un mur auquel étaient accrochés quantité de bouts de papier. De la main gauche, elle tenait un verre de vin qu'elle portait à ses lèvres, encore fermées. La couleur du vin correspondait à celle de sa bouche. Sa main droite, au premier plan, s'enfouissait d'un geste presque enfantin dans son épaisse chevelure aux boucles évoquant le préraphaélisme, rassemblée sur sa nuque. En la voyant, on avait l'impression qu'elle venait de prendre la décision d'agir. Ou d'agir, tout court. Elle était déterminée ; seule la main dans ses cheveux paraissait manquer de résolution.

C'était une toile magnifique.

— Soleil, c'est splendide, avais-je déclaré à voix basse. Qui est-ce ?

— Une femme qui veut quelque chose mais ne sait pas encore comment l'obtenir, avait répondu Soleil. Comme moi.

J'avais opiné du chef. Brusquement, j'avais songé à la Principessa. À June. La femme du tableau semblait sur le point de me parler. Pour me dire quoi ?

Une demi-heure plus tard, lorsque Soleil m'avait raccompagné à la porte, heureuse, m'assurant une fois de plus qu'elle avait retrouvé toute sa créativité et qu'elle se réjouissait de son exposition à venir, j'avais remarqué, sur sa console, un objet que j'avais d'abord pris pour un croissant desséché. Je l'avais soulevé et j'avais lâché une plaisanterie au sujet des artistes qui n'avaient rien à se mettre sous la dent, puis j'avais constaté qu'il s'agissait en réalité d'un bonhomme en mie de pain.

Plantée au milieu du corps, une épingle.

— Mais qu'est-ce que c'est que ce truc ?

Soleil avait eu un sourire mystérieux.

— Du vaudou, avait-elle expliqué.

— Du vaudou ? avais-je répété, avant d'éclater de rire.

— Oui…, avait confirmé Soleil, qui se tenait devant moi dans son long caftan, telle une grande prêtresse africaine. – Elle avait replacé précautionneusement la figurine sur la console. – Tu sais, j'avais beaucoup de chagrin. Vraiment beaucoup. Et puis, j'ai repensé à ce rituel. – Elle avait marqué une pause chargée de gravité, et je n'avais pas réussi à réprimer un sourire. – Non, ne ris pas ! Tu verras bien… Je lui ai planté une épingle dans le cœur pour qu'il tombe amoureux de moi.

— Soleil, tu es une vraie petite sorcière, tu vas me faire peur ! Dis… tu ne préfères pas choisir un homme qui te voudra sans rituel vaudou ? Ça ne fonctionnera pas – pas ici, Paris est trop cartésienne.

Soleil m'avait adressé un regard appuyé, ses yeux sombres brillaient.

— Je crois que ça a déjà fonctionné, avait-elle répondu d'un ton lourd de sens, avant d'enrouler autour de son doigt une mèche de ses superbes cheveux noirs.

Bonté divine, Soleil était vraiment bizarre, parfois !

— Eh bien, plus rien ne peut aller de travers, alors. J'espère que je serai invité au mariage.

J'avais ouvert la porte en secouant la tête, incrédule. Une poupée vaudoue ! Non, mais vraiment ! Qu'est-ce qu'il fallait être naïf, mégalo et amoureux pour planter des épingles dans un reste de baguette en espérant obtenir un quelconque effet !

Bon, après tout, à chacun son rituel en matière d'amour. Les uns passent commande à l'univers, les autres tentent leur chance avec des philtres d'amour. Quant à moi, je suis plutôt sceptique.

Tandis qu'un métro bondé me ramenait chez moi, filant sous terre, je m'étais réjoui de ne pas être le bonhomme en mie de pain couché sur la console poussiéreuse de Soleil, le cœur transpercé. Qui sait où la belle prêtresse planterait son épingle si l'élu résistait ?

Je réfléchissais ainsi tranquillement à Soleil, malade d'amour, un peu toquée, sans me douter que Circé continuait à resserrer ses filets autour de mon cœur.

Pas de nouveau courrier de la Principessa.

Je m'y attendais, au fond. Je fus quand même un peu déçu. Il y avait en revanche, sur le répondeur, un message d'Aristide qui m'invitait à «un petit dîner entre amis» pour le jeudi suivant. Il avait également proposé à Soleil et Julien de venir, ce qui ne m'étonna pas.

Les «jeudis fixes» d'Aristide étaient toujours très divertissants et sans cérémonie, les convives d'une grande diversité. Quand on arrivait, rien n'était prêt mais il y avait pour chacun un verre de vin et un couteau. On s'installait alors à la grande table de la cuisine, on discutait, on débattait, on se moquait du «président bling-bling» tout en épluchant les asperges, les pommes de terre ou autres légumes prévus au dîner.

On cuisinait ensemble avant de manger ensemble, Aristide critiquait de façon distrayante des livres qui venaient de paraître, sans oublier de préparer sa légendaire tarte Tatin minute : il faisait revenir les pommes dans une poêle, avec du beurre et du sucre, au lieu de les faire

138

caraméliser lentement dans le four, puis il versait le mélange doré sur la pâte feuilletée étalée dans un moule.

À la fin d'une telle soirée, on avait l'agréable sentiment d'avoir enrichi son esprit, en plus d'avoir rempli son estomac.

Il me restait de la baguette. J'ouvris le réfrigérateur, en sortis un bocal de foie gras et me versai un verre de vin rouge. Ma vie avait l'air de reprendre progressivement un cours normal.

En m'asseyant devant mon ordinateur portable, je me demandai quelques instants ce que cela ferait de renouer avec June.

Une idée excitante… Et pourtant ! Je voyais les yeux de chat de June, étincelants de colère, et je l'entendais déjà m'interroger : « Qui est cette Soleil ? Et qu'est-ce que tu fabriques la nuit dans sa chambre ? Il y a quelque chose entre vous, je le sens bien… »

Je souris. La jalousie mettait du sel dans une relation, mais trop de sel pouvait s'avérer usant, à la longue.

Cependant, avant de me livrer à une réflexion sur le ravivement hypothétique de liens anciens, il fallait que j'en aie le cœur net : était-ce réellement June qui cherchait à refaire son entrée dans ma vie en usant de moyens plutôt inhabituels ?

Je gambergeai un moment. Ensuite, je choisis un objet qui avait presque les qualités d'un code.

Objet : *Sabbia Rosa*

*Plus belle des Principessas,*

*Après une journée riche en retournements – et surtout en souvenirs –, votre Duc se manifeste pour vous souhaiter une agréable nuit.*

*Je n'ai pas vraiment pu résoudre votre énigme, mais il me semble m'être approché de la solution par un autre chemin. Vous allez donc devoir jouer cartes sur table, j'en ai peur, parce que j'ai découvert le pot aux roses, par hasard.*

*Vous avez écrit que vous aimeriez connaître encore beaucoup de choses à mon sujet – de mon côté, je n'ai que trois questions à vous poser, mais je suis persuadé que vous répondrez à chacune par un « oui ».*

*1. Se peut-il que la « fâcheuse aventure » évoquée dans votre première lettre se soit produite dans un hôtel parisien au charme désuet, qui fait honneur à mon nom ?*

*2. Puis-je aussi supposer que vous êtes dotée d'un tempérament plutôt méditerranéen – même si vous êtes originaire du nord de l'Europe – et que vous avez parfois tendance à faire preuve d'une violente jalousie (je veux bien concéder que vous êtes ravissante dans votre colère, qu'elle soit justifiée ou pas) ?*

*3. Est-il possible qu'il y ait, dans votre commode, de la lingerie de chez Sabbia Rosa, lingerie que je*

*vous ai offerte il y a un certain temps (à cette occa-*
*sion, j'ai commis une erreur stupide pour laquelle*
*j'aimerais vous demander, encore une fois, de me*
*pardonner) ?*

*En d'autres mots : demain, c'est dimanche, je ne*
*dois pas travailler, alors, SI C'EST TOI, JUNE, je*
*serais ravi de t'inviter à déjeuner au Petit Zinc, ton*
*restaurant préféré. Je pense qu'on a beaucoup de*
*choses à se raconter.*

*DIS OUI, S'IL TE PLAÎT !*

*Ton Jean-Luc*

Brusquement, j'avais employé le «tu», j'avais
passé outre au jeu entre la Principessa et le Duc,
et quitté le dix-huitième siècle pour réintégrer le
vingt et unième. Qu'allait-il se passer ? J'étais plus
que curieux de le découvrir.

Je restai plusieurs minutes planté devant l'écran,
pour le cas – aberrant – où la Principessa répondrait
aussitôt. Mais, naturellement, elle prenait son temps.

J'éteignis donc l'ordinateur, dis bonne nuit à
Cézanne qui, en guise de réponse, remua molle-
ment la queue, et allai me coucher.

Il n'était pas loin de vingt-trois heures, demain
était un autre jour et un peu de sommeil me ferait
du bien. En fermant les yeux, je vis June ; installée
au Petit Zinc, devant un des piliers Art nouveau
peints en vert tendre, elle levait son verre dans ma
direction en souriant.

Deux heures plus tard, je rallumais ma lampe de chevet avec un soupir. Ce n'était pas comme cela que j'allais m'endormir.

Tout était paisible, mais il fallait croire que ces derniers jours avaient déréglé mon rythme veille-sommeil. Je m'étais tourné pas loin de cent trente-six fois pour trouver la position la plus confortable. J'avais poussé à maintes reprises des soupirs de satisfaction dans mon oreiller et tenté l'autosuggestion en bâillant bruyamment. J'avais même épelé à l'envers le mot «Tchécoslovaquie», comme Gary Cooper à qui sa jeune épouse, Claudette Colbert, interdit la chambre conjugale dans le vieux film *La Huitième Femme de Barbe-Bleue* (une scène qui m'amuse toujours royalement)… Rien à faire.

Bien entendu, j'avais déjà passé des nuits blanches – dans l'idéal, une charmante créature en était la raison. Ensuite, on s'endormait comme une pierre et on se réveillait plein d'une énergie nouvelle. Les nuits blanches sans sexe, en revanche, n'étaient pas sérieusement souhaitables.

J'étais épuisé, mais impossible de calmer mon cerveau. Je ne sais quels neurotransmetteurs hyperactifs bondissaient de synapse en synapse et donnaient sans cesse naissance à de nouvelles images.

Des images de femmes.

Des femmes que j'avais connues. Des femmes que j'aurais aimé connaître. Elles surgissaient de l'obscurité l'une après l'autre et se mettaient à danser devant mon nez, même Soleil avec son bon-homme en mie de pain.

Je me levai. Puisque j'étais éveillé, autant consulter mon ordinateur pour voir si une réponse était arrivée.

Il était un peu plus d'une heure, tout le monde sur terre semblait dormir à qui mieux mieux et ma boîte mail était vide. Je jetai un coup d'œil dans l'entrée. Cézanne était couché dans sa corbeille, il grognait légèrement et ses pattes de derrière tressaillaient. Il devait poursuivre un chat dans son sommeil.

Maussade, je me rendis dans la cuisine, pris le reste de baguette et vidai le bocal de foie gras. Mastiquer avait quelque chose d'apaisant.

Certains de mes amis prétendent qu'il faut manger quand on n'arrive pas à s'endormir. Ainsi, Aristide m'avait confié qu'il se levait presque chaque nuit pour se couper d'épaisses tranches de fromage de chèvre (il en conserve toujours une brique dans son garde-manger). Je trouvais que le foie gras faisait au moins aussi bien l'affaire que le chèvre.

Je fourrai un dernier morceau de pain dans ma bouche, le fis descendre avec une gorgée de vin et retournai dans la chambre. J'allais bien dormir. Enfin !

Cinq minutes plus tard, je me relevai en jurant parce que ma vessie se rappelait à mon bon souvenir. J'étais trop jeune pour avoir des problèmes de prostate, non ? Dans le miroir de la salle de bains, j'aperçus un homme blême aux cheveux blond cendré que, personnellement, je n'aurais plus qualifié de « jeune ».

Je réintégrai ma chambre en chancelant. Tout avait une fin. La vie, moi-même – et cette fichue nuit.

Je me jetai sur le lit et décidai d'adopter une nouvelle tactique.

Très bien, je ne dormirais pas, alors. J'avais entendu dire qu'on se repose presque aussi bien en se couchant et en fermant simplement les yeux.

*Pas de stress, Jean-Luc,* m'ordonnai-je, *tout doux. Reste cool. Coolcoolcool.* Je me mis à respirer profondément avec le ventre. *Coolcoolcool…*

Vint le moment où je m'endormis quand même.

Je le remarquai au fait que Soleil se retrouvait soudain agenouillée au-dessus de moi, dans son caftan rouge. Elle s'apprêtait à enfoncer dans ma cage thoracique des épingles grosses comme des baguettes de mikado.

— Tu ne m'échapperas pas, petit bonhomme, murmurait elle. Tu ne m'échapperas pas…

Ses cheveux noirs se tordaient autour de sa tête tels les serpents entrelaçant la chevelure de Méduse.

Je poussai un hurlement, comme Dracula avant le coup de pieu fatal.

— Soleil, non, qu'est-ce que tu fais !

— Alors, tu sais maintenant qui est la Principessa, tu le sais ? siffla Soleil, avant d'arborer un sourire immense. Moi, je sais comment t'avoir.

Son corps de plomb pesait sur moi de tout son poids ; elle abaissa sa bouche peinte d'un rouge sang et ses grandes dents blanches se retrouvèrent à quelques centimètres de mon cou.

— Non, Soleil, pas ça ! m'écriai-je, saisi de panique.

Dans un effort surhumain, je la repoussai et me redressai. Je portai craintivement les mains à mon torse. Mon cœur battait la chamade, mais je ne sentais pas la moindre épingle. Ô soulagement !

Hébété, je cherchai à tâtons l'interrupteur de la lampe de chevet.

Mais quel cauchemar !

Je me jurai de ne plus jamais manger de foie gras si tard le soir, quoi qu'en pense Aristide.

Il était six heures et j'entendis un oiseau gazouiller devant la fenêtre – c'était sans conteste l'alouette, pas le rossignol. Je passai dans le salon et m'installai à mon bureau. Lentement, comme on ouvre une malle au trésor, je soulevai le couvercle de mon ordinateur portable. Il y avait trois messages.

L'un d'eux était de la Principessa.

J'ouvris le mail dans l'expectative et la joie, mais restai interloqué en découvrant l'objet.

Objet : *Grigrigredinmenufretin*

J'eus le pressentiment que cela n'augurait rien de bon pour la résolution de l'énigme. La Principessa commettait néanmoins une erreur dans cette lettre. Elle révélait une information, une information qui m'inspira.

Pour commencer, vous vous en doutez, cette réponse constitua une amère déception. Naturellement, après coup, je compris que – comme dans les bons polars – la première solution n'était pas nécessairement la meilleure, mais je m'étais imaginé le but très proche, et voilà que tout était remis en question.

Je pouvais rayer June de la liste des suspectes, cela m'apparut sans équivoque dès la première phrase.

*Cher Duc,*

*Voilà une sympathique tentative pour démasquer la Principessa, mais je crains que vous ne fassiez fausse route. Aussi, tel Grigrigredinmenufretin à la fille du meunier, je vous crie, réjouie : « Non, non, non ! Je ne m'appelle pas ainsi. »*

*Il se peut que je sois un brin jalouse – cela s'impose, pour ainsi dire, avec un homme de votre trempe –, et je possède en effet de la délicate lingerie venant de chez Sabbia Rosa, mais ce n'est pas vous, mon chevalier, qui me l'avez offerte, et jamais vous n'avez vu sur moi ces dessous qui dévoilent plus qu'ils ne dissimulent (ce qui est dommage pour vous).*

*Ici s'épuisent les points communs avec la dame que vous avez évoquée.*

*Je ne suis pas June.*

146

*Tenons-nous-en à la Principessa pour le moment.*

*Je connais bien le Petit Zinc, même si ce n'est pas mon restaurant préféré; pour autant, je dois malheureusement rejeter votre requête si pressante (qui m'agréait, du reste, lors même qu'elle ne m'était pas destinée, mais adressée à ladite dame pour laquelle vous me preniez).*

*Partager un repas avec vous, perspective séduisante, m'apparaît encore prématuré, et même s'il en allait autrement, je ne pourrais accepter, car demain midi, j'accompagne une bonne amie à la gare. Elle part pour Nice, et avant cela, pour faire honneur à la tradition, nous mangerons un morceau au Train Bleu.*

*J'ai dormi à merveille, me suis réveillée de bon matin, vous remercie chaleureusement pour votre salut vespéral et vous souhaite un agréable dimanche.*

*Votre Principessa*

*P.-S. : Êtes-vous déçu que je ne sois pas June? J'aime tant correspondre avec vous que je n'ai qu'un souhait : que cela continue ainsi.*

Je fixais le post-scriptum. Étais-je déçu ?

Je l'étais, naturellement, mais si je sondais le tréfonds de mon être, il en ressortait que ma déception ne découlait pas forcément du fait que ce n'était pas June. Elle s'apparentait plutôt à celle du chasseur qui a manqué de peu le gibier. Je l'avoue, cela m'aurait plu de démasquer la Principessa, de la voir capituler devant ma sagacité, et j'étais mortifié que cette petite insolente soit capable de me mener en bateau de la sorte. Pourquoi ne révélait-elle pas enfin son identité ? Que voulait-elle de moi ?

Je l'aurais bien laissée mijoter un peu, mais son post-scriptum me touchait. Il dénotait un certain manque d'assurance, voire de la peur. Elle n'avait pas écrit : « J'espère que vous n'êtes pas trop déçu que je ne sois pas June. » Ni : « J'espère que votre déception que je ne sois pas June restera dans les limites du supportable. »

Non, sa question était franche et sincère – et totalement dépourvue de la pointe d'ironie qui perçait dans le reste de sa lettre.

*… je n'ai qu'un souhait : que cela continue ainsi.*

Cette phrase était trop belle pour qu'on la laisse sans réponse. Je répondis donc.

Objet : *Déçu !*

*Comment ne pas être déçu !*

*Je suis atrocement déçu que vous décliniez pour la seconde fois mon invitation à dîner.*

*Je suis follement déçu que vous m'ayez caché vos ravissants dessous (et jaloux du galant qui vous les a destinés et auquel, comme je dois le supposer, vous vous êtes montrée dans ce que j'hésite à qualifier de « vêtements »).*

148

*Contrairement à vous, j'ai passé une nuit blanche et vous n'y êtes pas totalement étrangère, gente dame.*

*À titre de punition, veuillez me révéler sur-le-champ le nom de l'établissement dans lequel vous préférez vous restaurer, car vous devrez un jour (bientôt !) y dîner avec moi, vous l'admettrez, n'est-ce pas ?*

*Même si vous le désirez, cela ne peut pas toujours continuer ainsi.*

*De mon côté, je désire que les choses aillent plus loin – plus loin que les lettres et les allusions ; plus loin que les devinettes et les paroles, aussi belles soient-elles ; plus loin que votre imagination ne l'autorise, peut-être. En d'autres termes : très, très loin !*

*Pour l'instant, je n'ai pas d'autre choix que de vous accompagner par la pensée au rendez-vous avec votre amie, vous souhaiter bon appétit et attendre votre prochain billet doux (comme vous le voyez, je m'exerce à la patience, même s'il m'en coûte).*

*Prenez soin de vous !*

*Votre Duc*

*P.-S. : Il n'est nul besoin de vous inquiéter de June ; inquiétez-vous plutôt quant à Grigrigredinmenufretin. Auriez-vous oublié comment le conte s'achève ?*

*J'espère que vous n'allez pas, de fureur, vous déchirer en deux par le milieu une fois que j'aurai deviné votre nom. Promettez-le-moi !*

J'étais bien disposé lorsque j'envoyai mon message, parce qu'en l'écrivant, j'avais forgé un plan.

Je n'allais pas me contenter d'accompagner la Principessa à son déjeuner par la pensée, non, j'allais me rendre en chair et en os à la gare de Lyon pour l'y guetter au Train Bleu.

Puisque je l'avais déjà vue, comme elle me l'avait assuré elle-même, je la reconnaîtrais. Autrement dit – si je découvrais au Train Bleu, à l'heure du déjeuner, une femme que je connaissais et qui mangeait en compagnie d'une autre femme, je saurais qui était la Principessa.

C'était génial ! Tellement que je me serais applaudi ! On finissait toujours par se trahir ; pour que la partie adverse s'en aperçoive, il lui suffisait de faire preuve de patience et du sens de l'observation.

Alors que je marchais avec Cézanne sur le boulevard Saint-Germain, le pas léger, pour prendre le métro direction gare de Lyon, mon portable sonna. Je décrochai, le portai à mon oreille et entendis un enfant qui chantait, en fond sonore, puis la voix de Bruno.

— Comment va ? s'enquit-il.

— Parfaitement bien. Pas beaucoup dormi depuis quelques nuits, mais sinon…

— Bon, bon. Dis donc, que devient ta mystérieuse correspondante ?

— Tu ne vas pas le croire, mais je suis en route pour le Train Bleu…

— Le Train Bleu ? Ce restaurant pour touristes ? Qu'est-ce que tu vas faire là-bas ?

— Je vais retrouver ma mystérieuse correspondante !

Bruno poussa un sifflement.

— Félicitations, mon pote. Rondement mené. Alors, qui est-ce ?

Je tirai sur la laisse pour éloigner Cézanne d'une colonne Morris contre laquelle il venait de lever la patte.

— Euh, eh bien… Je ne sais pas encore.

— Oh, fit Bruno qui parut décontenancé, avant de reprendre : Oooh ! Aurais-tu une *blind date* ?

— Pas tout à fait. Disons plutôt que je joue les Hercule Poirot.

Je résumai à Bruno ce qui s'était passé depuis notre soirée à la Palette, l'occasion de constater que cela faisait une foule d'événements. Mon opération «poubelles» et ma rencontre avec l'haltère de Mme Vernier, mon excursion nocturne chez Soleil, la dame qui m'avait demandé au Duc de Saint-Simon, mon soupçon que June soit de retour, les lettres échangées, mon cauchemar avec le bonhomme en mie de pain et mon idée grandiose de surprendre la Principessa à la gare.

— Félicite-toi que ce ne soit pas June, lâcha Bruno, laconique. Ça ne pourrait pas marcher sur le long terme, de toute façon. Rappelle-toi le nombre de fois où vous vous êtes engueulés.

— Arrête, protestai-je. June était une vraie bombe.

— Plutôt un volcan, si tu veux mon avis. Ses éruptions de colère étaient fatales !

Sa remarque me fit sourire largement.

— Quand même pas à ce point-là. Écoute, Bruno, je te rappelle plus tard, il faut que je prenne le métro, là.

J'écartais mon portable de mon oreille pour couper lorsque j'entendis Bruno ajouter quelque chose.

— Quoi ? m'écriai-je, déjà dans l'escalier menant à la bouche de métro.

— Je te parie une bouteille de champagne que c'est cette artiste ! s'exclama Bruno.

— Qui ? Soleil ?! Jamais de la vie. Elle est amoureuse d'un imbécile qui ne la mérite pas.

— Et si tu étais cet imbécile ?

— Bruno, tu racontes n'importe quoi. Soleil est comme une sœur pour moi, expliquai-je avec impatience. En plus, ça ne lui ressemble pas. Elle n'écrirait pas des lettres de ce style, elle fabrique des figurines en mie de pain et se livre à des rituels vaudous.

— *Et* tu étais dans sa chambre en pleine nuit, *et* elle n'avait rien sur elle, *et* elle n'était pas du tout gênée, *et* le lendemain, la grande crise était brusquement passée, *et* elle a dit que la magie avait déjà opéré, énuméra Bruno.

— *Et* tu recommences à te faire des films, conclus-je.

— On parie ? insista Bruno qui ne renonçait pas à sa nouvelle théorie géniale.

— Très bien, si tu tiens absolument à te soulager d'une bouteille de champagne, répondis-je avant de rire.

Bruno rit aussi.

— On verra bien, trancha-t-il.

## 9

La gare de Lyon est la seule gare parisienne abri-
tant dans son hall, devant les quais, de vrais palmiers. Ces arbres élancés, un peu poussiéreux, ne
sont pas exactement de superbes spécimens – le
manque de soleil se fait sentir –, mais ce sont quand
même de timides précurseurs du Sud. Car c'est de
la gare de Lyon que partent les trains à destination
du sud de la France, jusqu'à la Méditerranée.

Au premier étage se trouve le plus beau des restaurants de gare du monde : le Train Bleu, qui doit
son nom au mythique Train bleu reliant autrefois
Paris à la Côte d'Azur.

Ses salles immenses, hautes de dix mètres,
respirent l'esprit Belle Époque avec leurs somp-
tueuses peintures sur plafonds et sur murs représentant les différentes étapes d'un voyage le long
de la côte méditerranéenne, leurs lustres et orne-
ments dorés, leurs statues et leurs grandes fenêtres
en plein cintre donnant vue sur les quais. Une
période où l'on ne parlait pas de touristes, mais

de voyageurs, où le monde était encore infini, où l'on gagnait tranquillement son but en regardant défiler les paysages changeants et en accordant un temps approprié à la distance qu'on parcourait, au lieu de s'envoler pour un week-end vers l'une ou l'autre capitale – un triomphe supposé sur le temps et l'espace, car le corps et l'esprit ont besoin d'un moment pour arriver à destination.

Je n'allais pas souvent au Train Bleu – juste quand j'avais des invités ayant entendu parler du fameux établissement. Je commandais alors mon chateaubriand sauce béarnaise : un plat quelque peu passé de mode qu'ils réussissent très bien et qu'on ne trouve plus guère, à Paris, au menu des restaurants postmodernes qui se veulent branchés.

Pour autant, chaque fois que je pénétrais dans la grande salle, j'étais subjugué par sa classe et sa beauté.

Ce jour-là, le charme agit encore. Je contemplai les fresques murales figurant les pyramides, le vieux port de Marseille, le théâtre d'Orange et le mont Blanc, et songeai, avec un léger regret et une certaine mélancolie, à ce luxe incroyable, mais perdu, du voyage – si différent de ce que nous appelons aujourd'hui «vacances».

*Tempi passati!* L'impressionnante horloge ronde, accrochée au fond du restaurant, indiquait midi et quart, et des jacassements assourdissants, anachroniques, résonnaient dans l'entrée de la grande salle.

Un énorme groupe avait assiégé deux rangées de banquettes en cuir brun foncé, de part et d'autre de tables nappées de blanc, et s'attaquait au déjeuner, apporté sur des plateaux en argent par des serveurs vêtus de noir. C'était une horde de Hollandais corpulents et joviaux, dont l'attitude créait un contraste effrayant avec la paisible distinction qui régnait dans le reste de la salle. On parlait en même temps, on agitait sa fourchette en l'air, on prenait des photos ; un verre de vin se renversa, puis il y eut un toast, suivi par des rires sonores.

Fasciné, je fixais l'agglomération de bouches qui s'ouvraient, de têtes qui remuaient et de bras qui gesticulaient. Les individus semblaient se combiner pour constituer une unique molécule très mobile. On portait la tenue classique des touristes du monde entier : débardeur, short et chaussures de sport en Gore-Tex respirant avec semelle triple renforcée. On s'amusait royalement, mais cela n'avait plus rien à voir avec l'élégance du voyage.

Cézanne poussa un gémissement excité et laissa pendre sa langue, haletant avec enthousiasme. Je raccourcis la laisse avant qu'il ne puisse s'en prendre à une jambe de Hollandais : mon chien aime la peau nue.

Je parcourus les différentes salles sur le tapis rouge déroulé tout au long de l'allée centrale, en regardant à droite et à gauche, à la recherche d'un visage connu. Peut-être était-il trop tôt. Aucun Français qui se respecte ne déjeune à midi.

Au fond du restaurant, l'atmosphère était plus calme, et certaines tables encore inoccupées. Je revins sur mes pas et rejoignis le bar, qui jouxte les salles. Là, je m'installai et commandai un Martini pour moi et une écuelle d'eau pour Cézanne.

La Principessa viendrait-elle ?

Nerveux, je bus une gorgée et jetai un coup d'œil aux deux hommes, à côté, qui prenaient un petit déjeuner tardif. Bien que n'ayant avalé qu'un café, ce matin-là, je ne ressentais pas la faim.

Je tentai d'imaginer ce que je dirais à la Principessa, une fois devant elle, mais il est difficile de s'imaginer quoi que ce soit quand on n'a aucune idée de l'apparence de son interlocuteur.

Les mots de Bruno me revinrent à l'esprit. Je repensai au regard appuyé de Soleil, dans l'entrée de son appartement, à son ton lourd de sens («Je crois que ça a déjà fonctionné»), et me mis à tirer sur ma lèvre inférieure, agité. L'espace de quelques instants, je revis Soleil en train de dormir, allongée dans toute sa beauté sur sa couverture claire, et je me sentis brusquement très bizarre.

La Principessa n'avait-elle pas écrit un jour qu'elle avait rêvé de moi et que je me tenais au pied de son lit, en pleine nuit ? Je m'adossai à mon fauteuil en cuir et mon regard se perdit dans le vague. Était-ce possible ? Bruno avait-il raison, finalement ? Soleil allait-elle surgir ?

J'avais le sentiment d'être de moins en moins capable de réfléchir clairement. Tant qu'à faire, Mme Vernier pouvait aussi bien être la Principessa, elle ou la caissière du Monoprix – même si cela n'aurait pas nécessairement été mon premier choix. Oui, tout valait mieux que cette incertitude, et en fin de compte, chaque femme avait son charme.

Je me levai et réglai ma consommation. Puis je fis signe à Cézanne de me suivre, et nous retournâmes faire un tour dans le restaurant.

Le groupe de touristes hollandais était parti. Seules des tables isolées étaient encore occupées, et des murmures bienfaisants s'élevaient ici et là.

Je regardai en direction de l'entrée, où une famille se présentait devant le pupitre. Après avoir consulté le livre des réservations, la femme chargée de l'accueil leur indiqua leurs places.

— Puis-je vous aider, monsieur ?

Un serveur, un plateau avec une carafe d'eau et deux verres en équilibre sur une main, venait d'apparaître dans mon champ de vision, l'air interrogateur.

— Non, non, je cherche juste une femme avec laquelle j'ai rendez-vous, expliquai-je en secouant la tête.

J'avançai de quelques pas, mais le porteur de carafe resta dans mon sillage.

— Avez-vous réservé une table, monsieur ?

Je secouai encore la tête et souhaitai que l'oiseau me laisse tranquille.

— Peut-être aimeriez-vous déposer votre manteau au vestiaire, monsieur ?

Je m'arrêtai net et il me heurta. La carafe ne résista pas à l'impact, bascula, et je sentis de l'humidité entre mes omoplates.

— Ah, pardon, monsieur ! – Le serveur se débarrassa de son plateau d'un geste vif et se mit à frotter énergiquement mon dos avec une serviette en tissu. – Ce n'est que de l'eau, heureusement. Mon Dieu, mon Dieu ! Ça va, monsieur ?! Vous êtes sûr que vous ne préférez pas enlever votre manteau, monsieur ?

Je me retournai et le considérai haineusement. S'il disait encore une fois «monsieur», je lui tordrais le cou.

— Le manteau reste là où il est, grondai-je en glissant les mains avec détermination dans les poches de mon trench. Et maintenant, *si* vous voulez bien m'excuser, j'ai à faire !

Je fis quelques pas de plus, regardai derrière moi et constatai avec satisfaction que le serveur s'était immobilisé, abasourdi. Ses yeux adoptèrent une expression méfiante. Il me prenait probablement pour un de ces détectives privés douteux qui espionnent les épouses infidèles – et je commençais à avoir l'impression de tenir ce rôle, moi aussi.

Je consultai la grande horloge. Treize heures et quart. Où était passée cette fichue Principessa ?

Une fois encore, j'explorai les tables du regard, dans l'espoir de remarquer une créature de ma connaissance. Puis je me figeai, effaré. Je n'en croyais pas mes yeux.

Deux femmes avaient pris place sous l'horloge de la gare. L'une était une jeune femme en jean, les cheveux blond foncé, coiffés en queue-de-cheval. L'autre, une géante à la chevelure rouge feu et aux gigantesques créoles dorées.

C'était Jane Hirstman, et elle m'adressait des signes enthousiastes.

Je prie rarement. En cas de grande nécessité, alors seulement, je me remémore qu'il y a, peut-être, un Dieu capable d'éviter le pire si on fait appel à lui de façon suffisamment pressante.

Dès que j'aperçus Jane, notre divin Père se rappela à mon bon souvenir.

*S'il te plaît, mon Dieu,* implorai-je en silence, *fais que ce ne soit pas Jane ! S'il te plaît, fais que ce ne soit pas Jane qui ait écrit ces lettres merveilleuses. Ce n'est pas possible ! Pas possible ! Parce que sinon…*

Sinon quoi ? Sinon, je verrais s'écrouler le beau château imaginaire que j'avais érigé autour de la mystérieuse Principessa, une femme si particulière, une séduisante Circé, tout à la fois charmante et érotique, intelligente et spirituelle, tombée follement amoureuse de moi.

Pourtant, c'était Jane que je retrouvais installée au Train Bleu, à l'heure du déjeuner, en compagnie d'une amie qui aurait pu être sa fille. C'était incompréhensible ! Mon cœur déçu se dégonfla brutalement, comme un ballon de baudruche dont l'air s'échappe.

— Jean-Luc ! s'écria Jane, rayonnante, en continuant à agiter les bras. Hou ! hou ! Jean-Luc ! *How are you ?*

Je m'approchai de la table avec circonspection, l'estomac noué.

— Bonjour… Jane, déclarai-je en me forçant à sourire. Quelle surprise ! Je… j'ignorais que vous étiez à Paris.

— Oui, ça s'est décidé très spontanément. Je me serais encore manifestée, de toute façon. *So good to see you, my friend !*

Jane se leva et me donna un baiser sonore sur la joue. Je tressaillis, mais elle ne le remarqua pas.

— S'il vous plaît, asseyez-vous et déjeunez avec nous ! Je vous avais justement demandé hier au Saint-Simon, parce que je n'arrivais pas à vous joindre à la galerie. Mon stupide *mobile* ne fonctionne plus – tous les numéros ont été effacés ! Mais vous voyez, ça marche aussi comme ça ! C'est ce que j'appelle de la transmission de pensée ! se réjouit-elle. Et que faites-*vous* ici, Jean-Luc ?

Avais-je rêvé, ou venait-elle de m'adresser un clin d'œil ?

— Moi ? Euh, oui… Je…, bredouillai-je. En fait, je cherchais quelqu'un…

— Vous pouvez arrêter de chercher, vous nous avez trouvées, *darling,* ha, ha, ha ! s'esclaffa Jane, riant de sa propre plaisanterie.

Seulement, était-ce une plaisanterie ?

— À propos, voici Janet, ma nièce. Elle étudie l'histoire de l'art, précisa Jane en désignant la jeune femme à côté d'elle. Janet, voici Jean-Luc dont je t'ai déjà beaucoup parlé. Il faut absolument que tu voies sa galerie. *Amazing, just amazing !* Les tableaux vont te plaire.

Janet me tendit la main, souriante.

— J'en suis sûre ! Le galeriste me plaît déjà beaucoup, en tout cas, fit-elle avec une certaine audace.

J'eus un sourire déconcerté. Je me trouvais encore dans mon film à moi.

— Janet, tu gênes Jean-Luc ! intervint Jane, avant de se tourner vers moi. Désolée, ma nièce est toujours très directe.

— Votre nièce ? répétai-je comme un débile mental.

Jane opina fièrement du chef.

— Oui, ma nièce. Janet est en Europe pour la première fois. Nous sommes arrivées il y a deux jours, j'ai loué un charmant appartement dans le Marais et je lui montre les attractions parisiennes.

— Vous ne l'accompagnez pas au train, alors ? Celui pour Nice ? insistai-je.

Jane m'adressa un regard perplexe.

— Mais non, Jean-Luc, qu'est-ce qui vous fait croire ça ? s'étonna-t-elle en secouant ses boucles rousses. Nous voulons juste manger et admirer un peu le restaurant, pas prendre le train.

— Eh bien… alors… Eh bien, c'est fantastique ! m'exclamai-je avec soulagement.

Je souris à Jane, heureux. Cette bonne vieille Jane… Je l'aimais vraiment bien.

— Quelle idée magnifique !

Je devais avoir l'air à côté de la plaque, parce que Jane Hirstman échangea un coup d'œil étonné avec sa nièce, comme pour dire : il est différent, normalement.

Puis elle me tendit la carte et demanda :

— Tout va bien, Jean-Luc ?

Je hochai la tête et remerciai Dieu, qui avait entendu ma prière. Je pris une profonde inspiration, expirai en souriant et regardai autour de moi, détendu.

Jane était assise devant moi. Jane qui n'était que Jane, et rien d'autre. Elle était installée là avec sa nièce, qui n'était pas son amie et qu'elle n'allait pas accompagner au train. Tout était de nouveau à sa place, la Principessa ne s'était pas montrée et j'avais brusquement une faim de loup.

— Pourquoi ne pas venir avec votre nièce au vernissage du 8 juin, le dernier avant les vacances d'été ? Ça me ferait très plaisir.

Je piquai au bout de ma fourchette quelques-unes des frites accompagnant mon savoureux steak sauce au poivre.

— Oh oui, Jane, allons-y ! s'écria Janet avec enthousiasme. On sera encore à Paris, non ?

Jane sourit de l'ardeur de sa nièce.

— Je pense qu'on peut s'arranger. Qui expose ?

— Une artiste très intéressante qui a grandi aux Antilles, Soleil Chabon. Elle a fait ses débuts à la Galerie du Sud il y a deux ans. Cette fois, nous avons imaginé un événement particulier : un vernissage dans les salons du Duc de Saint-Simon, que nous avons pu louer pour l'occasion.

— Ça devrait être exquis. *What a very special place…*

Nos regards se croisèrent et je fus sûr que Jane pensait à ce matin saisissant, au Saint-Simon, qui avait vu l'irruption d'une June hors d'elle, au pied de son lit. Jane sourit et prit une gorgée de vin blanc.

— J'ai toujours aimé loger là-bas, on a l'impression d'être transporté dans un autre siècle, expliqua-t-elle à Janet. Tu vas apprécier.

*Dans un autre siècle…* Mes pensées dérivèrent, tandis que Jane décrivait l'hôtel à sa nièce. Mon épistolière du temps passé n'était pas venue, à moins que je ne l'aie manquée. Songeur, je considérais la gare à mes pieds, par la grande fenêtre devant laquelle nous étions assis. Quai numéro trois, un train attendait le départ. Les derniers voyageurs montaient avec leurs valises, un homme enlaçait une femme, des mains remuaient pour dire adieu. Le vague à l'âme flottait au-dessus de la plate-forme.

Existe-t-il une image qui résume mieux les adieux qu'un train qui part ? Je laissai mon regard vagabonder jusqu'au bout du quai, souriant de cette velléité de pensée philosophique. Contrairement aux aéroports, les gares me rendent toujours un peu sentimental.

Et puis, avant que le train ne s'ébranle, je vis, devant un wagon, deux femmes portant des sacs de voyage. L'une, vêtue d'une robe d'été rouge que le vent faisait bouffer autour de ses jambes minces, avait des cheveux sombres qui lui arrivaient aux épaules. L'autre me tournait le dos. Elle avait un tailleur fluide de couleur claire, et sa chevelure lisse, blond argenté, descendait presque jusqu'à sa taille. Elle pivota sur le côté pour dire quelques mots à son amie, et un rayon de soleil éblouissant enveloppa un instant sa silhouette juvénile. La lumière, qui semblait la traverser, se prit dans ses cheveux de soie qui se soulevaient, et la scène me coupa le souffle.

Le temps s'arrêta, non, il fit marche arrière, s'envola vers le bleu de la mer, traversa les années, les mois, les jours, jusqu'à cet instant nimbé de lumière où un garçon de quinze ans était tombé amoureux de la plus belle fille de la classe.

Alors que je fixais le quai, le cœur battant la chamade, l'image se déchira. Je m'ébrouai pour sortir de ma transe.

Un contrôleur vint s'interposer entre les deux femmes et moi, et aida un homme âgé à charger ses bagages. Les personnes restées sur le quai s'écartèrent des voitures, le signal du départ retentit, les portes se fermèrent automatiquement et le train se mit en mouvement.

Les deux femmes avaient disparu comme si elles n'avaient jamais existé.

Pourtant, j'étais persuadé que je venais, en une fraction de seconde, d'apercevoir Lucille.

— N'est-ce pas, Jean-Luc ?... Jean-Luc ?! Qu'est-ce qui se passe ? On dirait que vous avez eu une vision.

Jane me regardait, l'air interrogateur. Combien de temps avait duré mon absence ? Peu importe.

— Pardon, déclarai-je en posant ma serviette à côté de mon assiette et en me levant précipitamment. Vous voulez bien m'excuser un moment ? Je reviens tout de suite. Je dois... J'ai... Il y avait quelqu'un qui... Je reviens tout de suite !

Sous les regards ahuris de Jane et Janet, je gagnai la sortie d'un pas pressé. Cézanne, qui patientait sous la table depuis le début, courut derrière moi en aboyant, sa laisse traînant sur le sol.

Je l'attrapai et me précipitai en bas des marches avec mon chien... qui pila net pour flairer un des deux petits palmiers enchaînés, plantés au pied de l'escalier dans des bacs en terre cuite.

— Viens, Cézanne ! lançai-je en agitant impatiemment la laisse.

166

Cézanne fit un bond et poussa un glapissement. Cet imbécile s'était pris dans la chaîne ! Je pouvais tirer autant que je voulais.

— Tu restes ici, Cézanne ! Assis ! Compris ?

Cézanne gémit et se coucha sous le palmier.

— Je fais vite. Assis ! ordonnai-je une dernière fois, avant de me remettre à courir.

Je me faufilai entre les gens, qui traînaient leurs valises derrière eux et avaient manifestement tout le temps du monde. Moi, je n'avais pas le temps. Je pourchassais une Principessa.

Au niveau du quai numéro trois, je m'arrêtai et regardai autour de moi. À gauche, à droite, droit devant – où était passée la femme aux cheveux de fée qui m'avait tant rappelé Lucille ?

Je parcourus toute la plate-forme, sans cesser de surveiller les quais d'en face.

Je tournai les talons, déçu, et dépassai pour la seconde fois une vieille dame sans bagages, la démarche hésitante. Elle m'adressa la parole, le regard compatissant.

— Vous arrivez trop tard, jeune homme, le train pour Nice est déjà parti. Je viens d'accompagner ma fille.

Je hochai la tête avec amertume, lèvres serrées. J'arrivais trop tard, en effet. Une fois de plus, je me retrouvais les mains vides, avec une foule de questions.

Était-ce réellement Lucille que je venais de voir ? Quelle était la probabilité qu'une femme découvre,

avec vingt ans de retard, son amour pour un garçon qu'elle avait jadis dédaigné, et le comble de
lettres signées la Principessa ?

Il était plus plausible qu'un crapaud apprenne
le français.

Un train était parti pour Nice à l'heure du déjeuner, telle était l'unique chose vraiment sûre, ce
dimanche-là.

Cela, et le fait que l'enquête d'Hercule Poirot,
dans l'affaire de la Principessa, n'avait pas beaucoup progressé.

Si Hercule Poirot avait alors tourné la tête dans
la bonne direction, il ne lui aurait pas échappé
qu'une jeune femme en robe d'été le contemplait
depuis le bout du hall, souriante, avant de quitter
tranquillement la gare.


Cézanne avait disparu, il ne manquait plus que
cela !

Je considérai avec stupéfaction le palmier fixé à sa
chaîne, solitaire. Je regardai autour de moi, agité. À
gauche, à droite, droit devant – cela continuerait-il
ainsi toute la journée ?

— Cézanne ! criai-je en me mettant à courir
dans le hall. Cézanne !

Je priais pour qu'il ne soit pas sorti de la gare
de Lyon ; je l'imaginais déjà, gisant sous une
auto.

— Cézanne... Cézanne... Cézanne ! Où es-tu,
Cézanne ?!

Paniqué, je ne prêtais pas attention aux gens, qui me jetaient des coups d'œil surpris. Certains se mirent à rire. Ils prenaient peut-être mes cris pour le début d'un happening artistique.

— Essaie au musée d'Orsay ! me lança un homme, adossé à un kiosque avec sa bouteille d'eau-de-vie.

Deux jeunes filles portant jeans et sacs à dos s'arrêtèrent et me fixèrent, pleines d'espoir. Elles se demandaient visiblement ce qui allait suivre.

— Qu'est-ce que vous regardez comme ça, c'est mon chien qui s'appelle Cézanne ! m'emportai-je.

Puis je levai les yeux et vis Jane et Janet. Debout dans le restaurant, elles frappaient frénétiquement à la vitre.

Une heure plus tard, j'étais dans le métro. Je tenais une corde. Au bout de cette corde, Cézanne, couché à mes pieds, obéissant comme un agneau.

Après son excursion aventureuse à travers la gare de Lyon – où, à en croire les témoignages, il ne s'était pas privé de lever la patte contre chacun des grands palmiers –, Cézanne avait brusquement filé vers la sortie, intéressé par on ne sait quoi, avant d'aboyer après les chauffeurs de taxi attendant la clientèle devant le bâtiment. L'un d'eux était allé chercher un policier, et c'est au poste de police de la gare que j'avais finalement délivré Cézanne.

Jane et Janet, aux premières loges depuis leur poste d'observation en hauteur, avaient eu la surprise de voir un dalmatien traverser le hall en compagnie d'un homme en uniforme. Plusieurs minutes plus tard, un fou (moi) était apparu et s'était mis à gesticuler et crier comme un enragé.

Les deux femmes avaient eu l'amabilité de tambouriner contre la fenêtre et je m'étais précipité dans le restaurant, puis au commissariat de la gare.

Cézanne avait remué joyeusement la queue en m'apercevant.

— C'est votre chien ? avait demandé l'homme en uniforme, l'air renfrogné.

— Oui, oui ! Cézanne, qu'est-ce qui t'a pris, je t'avais dit d'attendre !

Je lui caressais la tête avec soulagement.

— Vous devez faire plus attention à votre chien, monsieur, votre comportement est irresponsable. Les chiens doivent *toujours* être tenus en laisse dans l'enceinte de la gare, avait ajouté l'agent en me fixant avec sévérité. Vous avez de la chance qu'il ne soit rien arrivé de grave.

J'avais hoché la tête, muet. Il faut savoir se taire.

Cela aurait-il eu un sens de livrer une quelconque explication sur les circonstances exceptionnelles qui nécessitent parfois d'abandonner un moment son chien dont la laisse s'est prise dans la chaîne d'un palmier ? Non !

Monsieur Ici-c'est-moi-le-chef m'avait tendu un papier que j'avais signé. Sans protester, j'avais réglé une amende, et nous avions été remis en liberté, Cézanne et moi.

## 10

J'avais déjà connu des dimanches plus agréables. Certains avaient également été pires, voilà la conclusion à laquelle je parvins en sortant de la station Odéon, quittant le monde souterrain pour entrer dans la clarté d'un après-midi de printemps ensoleillé.

Restons honnête : d'accord, l'opération «Train Bleu» avait échoué, mais j'avais désormais la certitude apaisante que Jane Hirstman n'était pas la Principessa (je ne l'avais jamais envisagé, mais cela aurait pu être possible). Ensuite, il était tout de même remarquable que deux femmes, dont l'une avait l'apparence que Lucille pourrait avoir aujourd'hui, se soient effectivement retrouvées sur le quai du train pour Nice. Ceci élargissait délicieusement le cercle des suspectes. Enfin, Cézanne trottait à mes côtés, en pleine forme – un miracle, compte tenu du trafic qui règne devant la gare de Lyon.

Bien qu'ayant décidé de me montrer reconnaissant, je sentis une certaine lassitude m'envahir, alors que je laissais derrière moi le boulevard Saint-Germain pour entrer dans la cour du Commerce-Saint-André.

Il y avait de l'animation dans le passage accueillant petits commerces et salons de thé, et je décidai de me laisser porter. Je longeai un magasin de cadeaux où étaient exposés montgolfières en papier, bateaux de pirate et boîtes à musique, puis le Procope, un des plus anciens restaurants de Paris, et une belle bijouterie qui portait le nom prometteur de Harem et réunissait tous les trésors de l'Orient. Des bijoux aux couleurs vives scintillaient derrière la vitrine, devant laquelle une jeune femme gironde aux cheveux négligemment relevés et à la tunique émeraude s'était plantée, charmée. Lorsqu'un couple d'amoureux s'arrêta en face du même étalage, la jeune femme à la tunique verte s'écarta un peu. Ce faisant, elle se tourna par hasard dans ma direction.

— Bonjour, monsieur Champollion !

Elle m'adressa un signe de tête et eut un sourire gêné.

Après les événements de ce dimanche, je dois avouer que je ne tenais plus rien pour exclu. Pas même que des inconnues connaissent mon nom et m'adressent la parole dans la rue. Tel un prince ensorcelé, j'avançais en tâtonnant dans un conte où je croisais d'insolites créatures qui me soumettaient des énigmes et disparaissaient, à leur guise.

Je détaillai la jeune femme en tunique émeraude. Elle m'apparut familière au second coup d'œil, pourtant, je ne la reconnus pas.

Vous est-il déjà arrivé… disons… pendant vos vacances, de rencontrer un jour, à la plage… l'institutrice de votre fils ? Au lieu d'être dans sa classe, comme d'habitude, elle se tient dans un tout autre décor, entre le bleu du ciel et celui de la mer, et vous la fixez, vous avez l'impression de connaître ce visage, mais il est détaché du contexte habituel et votre cerveau est incapable de situer cette image. Voilà la meilleure illustration des interconnexions sur lesquelles repose notre pensée.

La jeune femme glissa une mèche de cheveux derrière son oreille et rougit.

Voilà, je la reconnaissais !

— Bonjour, Odile.

Tandis que j'échangeais quelques paroles amicales avec la timide vendeuse de ma boulangerie de quartier, il me vint à l'esprit (ce n'était pas la première fois) que l'œil humain, aussi fantastique soit-il, ne peut qu'embrasser la surface des choses. Notre regard glisse dessus, dirigé par une perception subjective qui ne nous laisse voir qu'une réalité très limitée – la nôtre, qui se compose de ce que nous attendons et de ce que nous avons appris.

Pour autant, parfois, la lumière tombe d'un autre angle et dément notre réalité. Aussitôt, la fille rondelette du boulanger devient une odalisque qui – pourquoi pas ? – pourrait tout aussi bien être une Principessa, au même titre qu'une ravissante jeune fille de notre passé ou qu'une personne à laquelle nous ne pensons pas encore.

*Vous me voyez et ne me voyez pas*, avait écrit la Principessa. La sagesse de ses mots revêtait une teneur universelle.

Ne voyait-on pas la plupart des gens sans les voir ? Ne pouvait-on pas passer facilement à côté de celle ou celui qu'on cherchait tous ?

— Cette tunique vous va très bien, ajoutai-je, au moment de prendre congé d'Odile.

Cette dernière sourit et baissa le regard.

— Si, si… Dedans, vous avez l'air d'une princesse orientale.

— Mais vraiment… Monsieur Champollion…, fit Odile en secouant la tête, les yeux brillants. Vous dites de ces choses… mais bon… Merci quand même. Vous êtes très gentil. Bon dimanche ! À demain !

Elle fit quelques pas et prit le bras d'un jeune homme, journal sous le coude, qui entrait dans le passage et venait dans sa direction.

— À demain, reine de Saba, conclus-je, trop bas pour qu'Odile l'entende.

Je poursuivis ma balade. Il était déjà seize heures trente lorsque j'approchai d'un café. Assis en terrasse, entouré de jeunes hommes qui fumaient et discutaient, un personnage à la Cocteau. Cézanne poussa un aboiement joyeux et tira sur sa corde, et je me réjouis aussi de reconnaître Aristide, dans son élément au milieu de ses étudiants, à l'ombre d'une marquise blanche.

— Jean-Luc ! Quelle magnifique surprise ! me salua Aristide Mercier avec son exubérance coutumière. Viens, installe-toi en notre compagnie !

Je gagnai la table ronde où s'alignaient tasses et verres vides.

— Tout le plaisir est pour moi, mais je ne voudrais pas déranger.

— Mais non, mais non, tu ne déranges nullement, assura Aristide en se levant d'un bond pour écarter une chaise. Voici, prends place dans notre modeste assemblée et confère-lui l'éclat qui lui manque. Mes chers étudiants… – Le professeur écarta les bras, le geste dramatique. – Je vous présente mon ami, Jean-Luc Champollion, dit «le Duc».

Les jeunes hommes rirent et lancèrent des «Oh, oh ! »; certains applaudirent.

Je m'assis avec un large sourire et commandai un café.

Pendant que j'écoutais Aristide se répandre en termes euphoriques, à sa façon démodée, un peu maniérée, sur «le meilleur galeriste de Saint-Germain, un homme aux goûts raffinés et au charme dangereux» (là, Aristide m'adressa un clin d'œil), un soupçon me vint.

Une idée si absurde que j'en ai toujours honte, avec le recul. Simplement, ce dimanche-là, qu'on me pardonne, j'étais dans un état où tout me semblait possible.

J'avais développé une forme de délire de persécution. Si ce n'est qu'au lieu de me sentir persécuté, *j'étais* le persécuteur.

Je soupçonnais alors tout le monde. L'espace d'un quart d'heure, je soupçonnai même mon vieil ami Aristide Mercier.

Et si c'était lui qui me menait par le bout du nez ? Son anachronisme courtois, son bagage littéraire, sa sympathie affichée, teintée de regret, pour ma personne qu'il ne gagnerait jamais à sa cause – tout ceci ne correspondait-il pas parfaitement à la manière dont les courriers étaient rédigés ?

J'étais, sans hésiter le moins du monde, parti du principe qu'une femme – la Principessa ! – m'écrivait ces merveilleuses lettres débordant d'esprit et d'humour, inspirées par l'amour. Mais qui me disait que ce n'était pas une feinte ?

Violemment troublé par ces pensées abominables, je remuais mon café sans quitter des yeux Aristide le Principe, qui devait attribuer mon regain d'intérêt à son brillant exposé sur *Les Fleurs du mal* de Baudelaire.

Quelques nuages gris se glissèrent devant le soleil. Le ciel s'assombrit et une bourrasque fit s'envoler les cendres dans les cendriers pleins. Les étudiants prirent congé l'un après l'autre, et finalement, je me retrouvai seul avec Aristide – exception faite de Cézanne, qui pesait de tout son poids sur mes pieds.

— Eh bien, mon cher Jean-Duc, comment va la vie ? s'enquit aimablement Aristide.

C'est à cet instant que je me rendis totalement ridicule.

— La vie ? Plutôt étrange, dernièrement, fis-je remarquer en fixant Aristide d'un regard pénétrant. C'est toi qui m'écris ces lettres signées la Principessa ?

J'avais posé la question sans préambule.

Aristide écarquilla les yeux comme si E.T. en personne venait d'atterrir devant lui.

— Des lettres signées la Principessa ? demanda-t-il. Quelles lettres signées la Principessa ?

— Donc, tu ne m'écris pas de lettres qui commencent par «Cher Duc» et finissent par «Votre Principessa»? poursuivis-je. Aristide, je te préviens, si c'est une de tes plaisanteries intellectuelles, je ne trouve pas ça particulièrement drôle.

— Mon pauvre ami, tu m'apparais quelque peu confus.

Aristide allait me ramener à la vitesse de la lumière sur le sol de la réalité et catapulter mon assertion dans le lointain galactique de l'inconcevable.

— Tout va bien, Jean-Luc ?

N'avais-je pas déjà entendu cette phrase aujourd'hui ?

— Je ne comprends absolument pas de quoi tu parles, ni ce dont tu m'accuses ici, reprit Aristide, déconcerté et offensé. Peut-être auras-tu la bonté de me l'expliquer ?

Je sentis que je devenais écarlate.

— Ah, oublie ça. C'est un malentendu.

— Non, non, non, Jean-Luc, tu ne t'en tireras pas aussi facilement. Je veux savoir ce qui se passe ! s'exclama Aristide en m'adressant un regard intransigeant. Alors ?

Je me mis à remuer comme un ver sur la chaise de bistrot, pas très confortable.

— Ah… Aristide… Tu n'as pas envie de le savoir, crois-moi…

Aristide plissa les yeux.

— Oh que si, j'en ai envie.

Mon portable se mit à sonner. Je m'en emparai, reconnaissant, comme on se cramponne à une bouée de sauvetage.

— Allô ?

— Et donc ?

À l'autre bout du fil, la voix de Bruno.

— Bruno, je peux te rappeler plus tard ?

— C'est Soleil ?

— Non, ce n'est *pas* Soleil. Elle n'était pas au Train Bleu, en tout cas.

— Qui est-ce, alors ?

— Bruno…, commençai-je, tout en sentant peser sur moi les petits yeux sombres d'Aristide, qui me transperçaient comme deux rayons laser. Bruno, je suis avec Aristide…

— Avec Aristide ? Pourquoi Aristide ? Et la Principessa ? insista Bruno d'une voix de stentor, si bien que j'acquis la certitude qu'Aristide

pouvait l'entendre. Tu sais qui c'est, maintenant ?

— Non, Bruno, je ne sais pas, lâchai-je avec irri-
tation. Écoute, je te rappelle plus tard, d'accord ?

Je passai en mode vibreur et empochai mon portable.

— Bon, bon, fit Aristide avec un sourire subtil.
Notre bon Duc est donc amoureux… d'une *Principessa* ! Mes compliments. – Il s'alluma une cigarette et me tendit le paquet. – Eh bien, lancez-vous,
mon cher Duc…

Je pris une cigarette en soupirant, et Aristide
s'adossa à sa chaise, visiblement curieux de ce qui
allait suivre.

— Premièrement, je ne suis pas amoureux,
déclarai-je. Deuxièmement, je ne sais même pas
qui est la dame.

Troisièmement, j'expliquai à Aristide Mercier ce
qui m'arrivait.


— Quelle merveilleuse histoire, extraordinaire
et romanesque, conclut Aristide, après que j'eus
terminé.

Il appela le serveur et commanda un merlot.

Il ne m'avait pas interrompu une seule fois et
s'était contenté de rire doucement, à l'occasion,
avant de froncer les sourcils, pensif.

Lorsque j'en étais venu, embarrassé, à mon
dernier « suspect », les commissures de sa bouche
avaient tressailli, mais en gentleman, il avait eu

179

l'amabilité de m'épargner un commentaire désobligeant.

Le serveur revint et ouvrit la bouteille en quelques gestes assurés. Puis il servit le vin dans les verres renflés, et le glougloutement du liquide apporta une note apaisante à cette journée riche en émotions. Aristide se carra dans son siège, le regard dans le vague.

— Sais-tu, Jean-Luc, tu peux t'estimer heureux. Il est rare qu'il se produise, dans l'ennui de la vie, un événement qui suscite et attise nos appétits, à telle enseigne que nous occultons tout le reste, me confia-t-il en prenant son verre et en lui faisant décrire de petits cercles.

— Pour l'instant, j'aimerais bien que ma vie soit un peu plus ennuyeuse, répliquai-je sur un ton à la fois comique et désespéré.

— Non, mon ami, tu n'aimerais pas cela, contesta Aristide avec un sourire entendu. Tu es déjà mordu. Qu'est-ce qui t'empêcherait de mettre un terme sur-le-champ à cet échange épistolaire avec l'énigmatique Principessa ? Nul ne t'oblige à participer à ce jeu. Tu peux arrêter quand tu le souhaites, mais tu ne le fais pas. Cette Principessa, qui que soit la femme qui se dissimule derrière cette identité, a d'ores et déjà déclenché en toi quelque chose de plus profond que le sourire d'une belle femme qui croiserait ton chemin. Elle occupe tes pensées, elle donne des ailes à ton imagination comme nulle autre

auparavant, elle rend tout possible, soudain...
Enfin... pas *tout*. – Aristide le Principe laissa
s'écouler plusieurs secondes de réflexion, puis il
cligna de l'œil. – Je pourrais jurer que tu ne trouveras pas le repos, tant que tu ne sauras pas qui
est la Principessa. À ta place, je ne le ferais pas
non plus. – Il leva son verre. – À la Principessa !
Qui que ce soit.

— Qui que ce soit, répétai-je.

On aurait dit la formule incantatoire d'une
messe noire.

— Mais qui est-elle ? Et que faire pour le découvrir ? repris-je un moment plus tard.

Aristide balança la tête de gauche à droite, songeur.

— Comme l'a dit George Sand : l'esprit cherche
et c'est le cœur qui trouve. Cette Principessa est une
femme cultivée, c'est un fait établi, car elle choisit
de se camoufler derrière le style de la littérature du
dix-huitième siècle. Peut-être pourrais-tu me montrer ses courriers, à l'occasion – je les étudierai en
ma qualité de professeur de littérature, naturellement, sourit-il. Il se peut qu'il s'y trouve des allusions ou des détails qui fassent office d'indices...

— Mais pourquoi se cacher derrière ces lettres ?
l'interrompis-je avec impatience. Ça n'a pas de
sens !

— Ma foi, elle a manifestement ses raisons,
et le mystère est plus exaltant que la vérité nue.
Regarde-toi ! Toute femme que tu connais, ou

connaissais, se voit brusquement auréolée de magie. Tu contemples Soleil endormie et tu te dis : se pourrait-il que ce fût elle ? Tu aperçois, sur un quai, une femme aux cheveux blond argenté, et il te semble reconnaître une jeune fille dont tu étais jadis tombé amoureux. Et si, demain, la jolie serveuse des Deux Magots te sourit un peu trop longtemps, tu la regarderas avec d'autres yeux, elle aussi. Le secret élève le normal au rang de l'extraordinaire.

Fasciné, j'écoutais le discours d'Aristide qui décrivait parfaitement mon état. Le professeur recourut alors à une métaphore.

— Imagine que je te tende une orange et te l'offre. Et maintenant, imagine que je te tende un objet enveloppé d'un mouchoir, et que je t'annonce : j'ai ici quelque chose de très particulier, je ne te l'offrirai que si tu devines ce que c'est. À laquelle des deux oranges accorderas-tu le plus d'attention ?

Aristide marqua une pause rhétorique, tandis que je songeais à l'amour et aux deux moitiés de l'orange.

— Si tu avais su, après le premier courrier, que c'était – admettons – la gentille fille du boulanger ou ta voisine du rez-de-chaussée, ton intérêt se serait vite évanoui, assurément. Même la belle Lucille aurait fini par devenir un sphinx sans énigme. Par ce procédé, en revanche, la flamme de l'incertitude jaillit en toi et le feu continue

de brûler. Tu t'engages dans cet échange épistolaire, tu penses des heures durant aux phrases
que cette femme t'écrit. Elle ne te laisse pas de
repos. Ses missives sont déjà devenues ta drogue
quotidienne.

Je tentai faiblement de protester, mais Aristide
poursuivit sur sa lancée.

— Je dois dire que cette Principessa me plaît.
C'est une femme intelligente : elle s'y entend pour
attirer toute ton attention, pour te faire un peu la
leçon, même – et ce, il faut le souligner, en n'uti-
lisant que le pouvoir des mots. C'est fantastique !
Cela m'évoque Cyrano de Bergerac.

— Quoi ! Cet homme au nez démesuré, qui se
contentait d'envoyer des lettres à sa bien-aimée
parce qu'il se trouvait trop laid pour se montrer ?

— Les as-tu lues ? renchérit Aristide. Elles sont
incroyables !

J'eus soudain des sueurs froides.

— Tu ne veux quand même pas dire que ma
Principessa est moche comme un pou et qu'elle
se cache derrière des phrases joliment tournées ?
m'inquiétai-je.

Je n'avais jamais envisagé une telle éventualité.

Ma mine effrayée fit rire Aristide.

— Calme-toi ! Je ne crois pas qu'une laideur
insondable soit à l'origine de cette partie de cache-
cache. Il n'y a pas de femmes repoussantes dans
ton entourage, si ? gloussa Aristide. Il se peut que
la Principessa ait un grand nez – pourquoi ne pas

lui demander directement ? Elle ne se privera sûrement pas de te répondre.

J'étais resté installé en terrasse avec Aristide
jusqu'à vingt heures trente et nous avions parlé
encore et encore. Une autre bouteille de merlot
avait dû y passer et nous avions débattu, avec un
enthousiasme croissant, d'autres détails et possibi-
lités. J'avais confirmé à mon ami ma venue chez
lui le jeudi suivant, et le professeur avait promis
de jeter un regard d'érudit littéraire, doublé d'un
détective, sur les missives de Mme de Bergerac –
une analyse dont j'attendais beaucoup. Ensuite, je
m'étais précipité rue des Canettes, pétri d'impatience. Je ne me défaisais pas de cette histoire de
nez.

— Laisse les choses évoluer, tout va s'arranger,
m'avait conseillé Aristide au moment du départ,
en me tapotant l'épaule avec bienveillance. Bonté
divine ! Si je recevais des lettres de cette nature, je
savourerais chaque jour.

Aristide pouvait bien se fendre d'aphorismes
façon « Le chemin est le but ». J'étais le hamster
qui tournait dans sa roue sans jamais arriver à destination. Et je ne voulais pas savourer chaque jour
et ne pas trouver le sommeil chaque nuit. Je voulais… de la clarté !

Qui était la Principessa ? Une femme hideuse au
grand nez ? Ou peut-être Lucille, à la beauté sur-
naturelle ?

Après une bouteille de vin, la probabilité que ce soit Lucille qui revienne dans ma vie, après toutes ces années, m'apparaissait très élevée. Ce genre de chose se passait sans cesse dans les films. Sans compter que je n'étais plus un garçon stupide, mais un homme qui avait des choses à faire valoir et qui – naturellement ! – savait embrasser.

Je poussai énergiquement la porte cochère et traversai la cour sombre, passai devant les poubelles et montai l'escalier jusqu'à mon appartement. Lucille, si c'était elle, allait avoir une surprise !

— Qui est Lucille ? s'étonna Bruno. Tu n'as jamais prononcé son nom.

Je venais de remplir l'écuelle de Cézanne et je me dirigeais vers mon bureau lorsque la poche de mon pantalon s'était mise à vibrer. C'était mon portable : mon meilleur ami exigeait d'être mis au courant.

Je lui expliquai brièvement qui était Lucille, ajoutant que je pensais l'avoir aperçue à la gare.

— Jamais de la vie ! s'exclama Bruno.

Je décidai de faire la sourde oreille.

— C'était une autre blonde, assena Bruno. Paris est pleine de blondes, fausses pour la plupart. Oublie Lucille. Mon vieux, ça remonte à vingt ans. *Vingt* ans ! Tu es déjà allé à une réunion d'anciens élèves ? Non ?! – Il eut un reniflement méprisant. – Crois-moi, aujourd'hui, cette Lucille est grosse et grasse, elle a cinq enfants et les cheveux courts.

— Mais ça se *pourrait,* persistai-je.

Bruno soupira.

— Oui, ça *pourrait* aussi être Raiponce qui t'attend dans sa tour. Reste réaliste ! Parle-moi plutôt de l'autre, la brune.

— Je n'ai pas trop fait attention à elle, répondis-je, maussade.

La silhouette nimbée de lumière de Lucille s'éloignait de plus en plus.

— C'était une erreur, répliqua Bruno sur un ton profondément convaincu. Et Soleil ? C'était peut-être elle, la brune ?

— Non ! Qu'est-ce que tu as avec Soleil ? Elle est plus grande et elle a des cheveux beaucoup plus épais.

— Comment peux-tu en être aussi sûr ? Tu as dit tout à l'heure que les deux femmes se trouvaient loin. Je parie que c'était Soleil.

Pas moyen de détourner Bruno de son idée fixe. Je poussai un gémissement. De quoi était-il question, au juste ?

— Enfin, Bruno, tu veux me rendre dingue ? m'écriai-je, hors de moi. C'est ton pari, hein ? Je t'offre le champagne, combien de bouteilles veux-tu ? Une ? Deux ? Cent ? Ce n'était *pas* Soleil, compris ! Je l'aurais forcément reconnue. C'est complètement ridicule !

Impossible de savoir pourquoi je m'emportais à ce point, tout d'un coup.

— Aha, fit Bruno avant de se taire un moment. Très bien, continue à rêver de ta fée blonde. Tu sais quoi ? Ça m'est franchement égal, mais je pense que tu ne *veux* pas que ce soit Soleil, voilà. Pourtant, c'est la seule piste sérieuse. À mon avis.

Ensuite, Bruno se tut. Il avait raccroché.

Je gagnai mon bureau, bourrelé de remords. J'étais en froid avec Bruno, c'était le pompon. Tout cela à cause d'une femme ! Une femme insaisissable. Une sorcière au nez énorme, allez savoir.

J'étais nerveux, tendu, épuisé. Je n'avais plus envie de jouer. J'allais porter le coup de grâce à cette folle liaison, qui n'en était même pas une, et envoyer balader la Principessa. Qu'elle s'appelle Soleil, ou Lucille, ou Mlle Je-ne-m'appelle-pas-ainsi.

Si quelqu'un me voulait quelque chose, il n'avait qu'à me contacter personnellement. Il devait sonner à ma porte et annoncer : « Bonjour, me voilà », pas se cacher lâchement derrière des lettres impénétrables ! Après, on verrait.

Furieux, j'ouvris mon ordinateur portable pour adresser à la Principessa un dernier mail au contenu approprié.

Objet : *Dernier courrier !*

— Stop, lâchai-je, presque sur le ton avec lequel j'aurais ordonné « Assis » à Cézanne.

Mais mon cœur, je l'avoue avec honte, m'obéissait encore moins que mon chien. Au lieu de se calmer enfin, il se mit soudain à battre follement.

Car il avait, comme son propriétaire, perçu un délicieux «pling».

Un mail de la Principessa venait d'atterrir dans ma boîte de réception avec un léger battement d'ailes, un mail que j'ouvris avidement – oui, je me précipitai sur les mots comme si ma vie en dépendait.

J'allais écrire encore beaucoup, beaucoup de lettres à la Principessa.

Oublié, le fameux «dernier courrier» de Jean-Luc Champollion.

Objet : *En chair et en os !*

*Mon cher Duc !*

*Je réintègre mes appartements après une journée aussi divertissante que stimulante.*

*Divertissante, car j'ai passé du temps en compagnie de mon amie; stimulante, car cette dernière s'était trompée d'horaire et que son train partait en réalité une heure plus tôt, tant et si bien que le trajet jusqu'à la gare de Lyon fut très précipité et qu'il ne nous restait plus suffisamment de temps pour nous revigorer au Train Bleu avec une collation.*

*Ce qui m'amène à la question qui m'occupe depuis ce midi.*

*Serait-ce un simple effet de mon imagination, mon cher ami, ou vous aurais-je bel et bien vu en*

*chair et en os à la gare de Lyon ? Auriez-vous longé,*
*abattu, le pas traînant, la plate-forme depuis laquelle*
*mon amie était montée dans son train pour Nice,*
*quelques minutes plus tôt ?*

*En d'autres termes : se peut-il, cher Duc, que vous*
*m'espionniez ?*

*Manifestement, j'ai commis une erreur en*
*vous confiant si innocemment mes projets pour*
*ce dimanche. Est-ce ainsi que l'on récompense la*
*confiance d'une dame ? Honte à vous !*

*Il faudra sans doute que je me montre plus pru-*
*dente à l'avenir, mais aussi, comment aurais-je pu*
*me douter que vous, un duc, auriez le front de me*
*guetter tel un paparazzo ?*

*Pourquoi ne pouvez-vous pas accepter que je*
*décide du moment où nous nous ferons face – pour*
*notre bien à tous deux. Faites-moi donc confiance, je*
*vous en prie !*

*J'aspire depuis tant de temps à vous étreindre,*
*mais jamais vous n'étiez disponible – j'estime par*
*conséquent que vous me devez encore quelques*
*lettres bien tournées et quelques confidences, avant*
*que je ne m'abandonne à vous corps et âme.*

*J'accepte avec plaisir votre invitation à dîner ; bien-*
*tôt, nous nous retrouverons en tête à tête, devant des*
*mets raffinés et légers, et un vin de velours. Nous*
*verrons alors jusqu'où la soirée et notre humeur*
*nous entraîneront… Bien plus loin que vous n'en*
*pensez mon imagination capable, vous pouvez m'en*
*croire.*

*Laissez-moi vous révéler le nom de mon restaurant de prédilection : le Bélier, un établissement discret, rue des Beaux-Arts. Il se trouve dans un hôtel qui fut jadis un pavillon d'amour (comment trouver endroit plus approprié ?), et ses fauteuils et canapés en velours carmin semblent convier à une aventure galante.*

*Si, en cet instant, j'y étais assise à vos côtés, que nos genoux se frôlaient et que nos mains se livraient, sous la table nappée de blanc, à un tendre jeu, j'en viendrais aux pires idées, je vous l'assure !*

*J'aimerais néanmoins vous dissuader d'aller à la maraude au Bélier, chaque soir, dans le vague espoir de m'y trouver. Je vous fais la promesse de ne plus pénétrer dans ce temple de l'amour qu'en votre compagnie !*

*Non, je ne vais pas, de fureur, me déchirer en deux par le milieu, tel Grigrigredinmenufretin, une fois que vous aurez deviné mon nom. Vous serez des plus surpris, mon Duc, lorsque vous reconnaîtrez enfin votre Principessa. Et quand je m'imagine vous embrasser, en vous serrant contre moi avec tendresse, mon cœur vole en morceaux.*

*Alors, si quelque chose se déchire, ce sera, tout au plus, une délicate étoffe incapable de résister à vos mains impatientes.*

*Je vous abandonne maintenant à la nuit, cher Duc !*

*C'est la pleine lune et je vais rêver de vous. J'espère que cela vous consolera de ne pas m'avoir « pincée » à la gare.*

*Votre Principessa*

On lit partout que les femmes sont très sensibles aux mots ; les hommes, aux images.

C'est peut-être juste en général, mais après avoir lu cette lettre, j'étais l'illustration vivante du fait qu'un homme peut, lui aussi, réagir aux mots avec une fougue extrême.

Assis devant l'écran, dont les lettres noires généraient dans ma tête une foule de représentations visuelles, je le fixais comme une femme qu'on vient de déshabiller. J'étais en proie à l'agitation, emporté par la magie de l'écrit. Encore un peu, et j'aurais serré contre moi cette merveilleuse machine pour lui caresser le dos.

Ma mauvaise humeur s'était envolée, mes doigts couraient à toute vitesse sur le clavier ; il fallait que je réponde aussitôt, je voulais « pincer » la Principessa avant qu'elle n'aille se coucher. Malgré les objections de Bruno, je voyais devant moi une femme aux longs cheveux blonds, dans lesquels j'aurais aimé enfouir mon visage.

Les parfums du mimosa et de l'héliotrope remplirent brusquement la pièce et je songeai que c'était la même lune, pleine, qui brillait de l'autre côté de mes rideaux et dans la chambre à coucher de la Principessa.

Objet : *Corps et âme*

*Plus belle des Principessas !*

J'aime l'idée qu'une femme, ne trouvant pas le sommeil, rêve les yeux ouverts ! Rien n'enfièvre davantage que le dais étoilé des possibles, qui se déploie au-dessus de soi.

Permettez-moi de l'affirmer ici : le plus beau rêve n'a pas encore été rêvé ! Je le concède, j'attends fébrilement le moment où je pourrai chuchoter votre nom à votre oreille, encore et encore, jusqu'à ce que vous capituliez enfin et soyez mienne, corps et âme.

Je me ferai un plaisir de vous emmener dîner, quand il vous plaira, dans votre temple de l'amour. Mais ensuite, vous vous verrez séduite sans pitié – sur du velours bordeaux ou au milieu des coussins moelleux d'un grand lit, telle sera l'unique décision qui vous appartiendra.

C'est avec enchantement que j'ai appris que votre restaurant préféré était aussi le mien !

J'ai mes habitudes au Bélier ; j'y étais encore récemment, avec un collectionneur chinois, et je pensais à vous car je venais de recevoir votre première missive, que je ne pouvais m'empêcher de lire et de relire. Votre lettre d'amour (puis-je l'appeler ainsi ?) m'a donc accompagné au Bélier, et j'y vois un signe – moi qui ne crois pas aux signes, d'habitude, voyez-vous combien vous m'avez déjà changé ?

*Par le passé, il ne me serait jamais venu non plus à l'idée d'espionner une femme, tel un époux jaloux – oui, je l'avoue, je me suis rendu ce matin à la gare de Lyon, honte à moi ! pour vous y débusquer.*

*Veuillez me pardonner ! J'obéissais au désir impatient de vous voir enfin, et en fin de compte, je suis rentré bredouille.*

*En revanche, j'ai remonté le cours du temps jusqu'à mon adolescence, pendant quelques instants surréels, je me suis querellé avec mon meilleur ami et j'ai réfléchi aux tours que nous joue parfois l'œil humain.*

*Chère Principessa, je me trouve dans un état étrange, et j'ignore si je peux encore me fier à ma perception.*

*Ma belle inconnue, je sais maintenant, à tout le moins, que vous étiez à la gare de Lyon en même temps que moi. Vous étiez toute proche, et j'en suis heureux car il m'arrive de redouter que vous n'existiez pas réellement.*

*J'accepte de vous faire confiance, j'accepte de vous attendre et vous écrirai volontiers d'autres lettres qui, je l'espère, sauront réjouir votre cœur et votre esprit. Je répondrai à toutes vos questions, je me plie même, à contrecœur, à votre diktat temporel, bien que je n'en saisisse pas le sens.*

*Néanmoins, très chère Principessa, je ne suis qu'un homme.*

*Aujourd'hui, le doute m'a soudain envahi, un doute qui ne se rapporte pas à votre belle âme, à votre esprit inspiré et inspirant... Car enfin, comment dois-je me représenter votre personne ?*

*Êtes-vous grande, petite, menue, charnue, avez-vous une chevelure brune, blonde, rousse ? Quels yeux se poseront tendrement sur moi, une fois que j'aurai prononcé votre nom ? Sont-ils clairs comme le ciel, verts comme l'eau de la lagune vénète, ou brillent-ils de l'éclat sombre des châtaignes polies ?*

*Pardonnez-moi cette insistance... Si vous me connaissez, et manifestement vous me connaissez, vous savez que j'aime les femmes, cependant, un ample entretien avec un professeur de littérature de mes amis, que je n'ai pas volontairement mis dans la confidence, a soulevé la question de savoir si – tel Cyrano de Bergerac – vous vous dissimulez derrière des mots joliment tournés parce que vous fuyez la lumière du jour. Êtes-vous donc si repoussante ?*

*Je ne vous imagine que séduisante !*

*Madame de Bergerac, ayez l'obligeance de me confirmer, sans délai, que votre nez est d'une taille raisonnable !*

*Ainsi, rien ne fera plus obstacle à nos baisers passionnés.*

*Votre incorrigible Duc,*
*tremblant d'espoir et d'inquiétude*

J'envoyai le courrier avant d'avoir l'occasion de changer d'avis. Mon amie platonique allait devoir s'exprimer, d'une façon ou d'une autre. Aucune femme ne laisse planer le soupçon qu'elle est laide.

J'étais tout de même anxieux en m'étendant sur mon lit pour fixer le plafond, plus étriqué que le dais bleu nuit des possibles sous lequel il est si bon de rêver.

Que faire si la Principessa n'était pas une belle princesse blonde, mais une hideuse reine-grenouille ?

L'embrasser malgré tout ?

## 11

Difficile à croire, mais cette nuit-là, je dormis pour la première fois depuis des jours. Un sommeil profond, sans rêve ; sans incidents perturbateurs ni visions angoissantes de femmes au nez démesuré.

Lorsque je me réveillai, le lendemain matin, les bruits de l'extérieur me parvenaient, étouffés, un rayon de soleil passait effrontément entre les rideaux en soie bleu pigeon, et je m'étirai un moment avec la satisfaction de celui qui a dormi tout son soûl.

Je décidai de ne pas acheter de croissants chez Odile et de me faire plaisir : j'allais prendre le petit déjeuner, avec le journal, dans la véranda du Ladurée Bonaparte. Si tôt le matin, l'endroit était encore calme et désert, on se prélassait dans une oasis, sous des palmiers, devant des trompe-l'œil vert tendre et turquoise. Quant aux cohortes de jeunes Japonaises, qui faisaient patiemment la queue pour qu'on emballe leurs macarons colorés dans des boîtes rose dragée ou vert tilleul, elles n'arrivaient que plus tard.

Je m'habillai, rangeai un peu mon appartement, ouvris une conserve pour Cézanne et me rendis compte qu'il était urgent que je fasse des courses.

Je jetais sans cesse des coups d'œil à mon bureau. La Principessa avait-elle répondu ? Je décrivais des cercles autour de mon ordinateur portable comme le chat accule la souris, histoire de faire durer le plaisir de l'attente.

Finalement, je m'assis devant et soulevai le couvercle.

Une minute plus tard, je fixais l'écran avec déception.

La Principessa n'avait pas répondu. Il était huit heures et demie, et il n'y avait pas de courrier intéressant pour le Duc.

Je ne voulais pas y croire. La dame dormait-elle encore ? Peut-être n'avait-elle pas lu mon courrier de la veille au soir. Après tout, je ne pouvais pas supposer qu'elle veillait jour et nuit devant son ordinateur, juste parce que c'était mon cas. À moins que Mme de Bergerac ne soit offensée que je doute de sa beauté ? Ma dernière question était-elle trop impertinente ? Avais-je commis une erreur ?

Mon agitation grandissait de minute en minute. Et si la Principessa me battait froid et cessait de m'écrire ?

Je tentai l'hypnose à distance.

— Allez, ma princesse, écris-moi ! murmurai-je sur un ton suppliant, mais j'attendis en vain le délicat «pling».

Au lieu de cela, Cézanne entra en courant dans le salon et poussa un aboiement d'invite. Il tenait sa laisse dans sa gueule. Le spectacle me fit rire. Il y avait une vie au-delà de la Principessa, et elle me disait bonjour.

— C'est bon, Cézanne, j'arrive !

Lentement, à regret, je refermai la machine à miracles qui, cette fois, avait failli.

Tandis que, escorté de Cézanne, je tournais dans la rue de Seine après une promenade prolongée et un agréable petit déjeuner au salon de thé, déterminé à attaquer la journée, je ne me doutais pas qu'une surprise croustillante m'attendait à la galerie.

Il était dix heures moins le quart, mais le rideau de fer protégeant la vitrine était déjà levé. Étonnant… Marion était rarement sur place avant moi, le matin.

Je franchis le seuil et posai mon trousseau de clés sur l'étagère fixée à mi-hauteur, près de l'entrée.

— Marion ? Déjà là ? lançai-je.

La crinière blonde de Marion surgit de derrière le bar à expressos. Cette fois, mon assistante jouait visiblement les *sophisticated girls,* en jean slim et tee-shirt noir. Un long collier en argent à mailles fines se balançait au-dessus de son décolleté, et elle avait relevé ses cheveux avec une grosse barrette en nacre.

— L'avenir appartient à ceux qui se lèvent tôt, fanfaronna-t-elle, puis elle bâilla à s'en décrocher la mâchoire. Excuse. Pour être honnête, j'ai dormi super mal, la faute à la pleine lune ! Du coup, je me suis dit, autant me lever tout de suite. – Elle ramassa sur le comptoir quelque chose que je pris pour une publicité, et se dirigea vers moi. – Tiens ! C'était derrière la porte.

Elle me tendit une enveloppe bleu tendre, la mine interrogative, et mon cœur fit un bond.

Les lettres distribuées par le facteur atterrissaient directement dans l'entrée de la galerie, via la fente de la boîte. Mais cette lettre n'était pas arrivée par la poste. Elle n'était pas affranchie et il n'y avait aucune adresse.

Une main dont l'écriture m'était familière avait couché sur le dessus ces cinq mots :

*À l'attention du Duc.*

— À l'attention du Duc, énonça Marion à voix haute. Qu'est-ce que c'est ?

Je lui arrachai l'enveloppe de la main.

— Ce n'est pas pour les petites filles curieuses, assenai-je, avant de me détourner.

— Oh, tu as une admiratrice secrète ? Montre ! s'exclama Marion en me poursuivant, rieuse, et en cherchant à attraper la lettre. Je veux aussi voir le courrier adressé au Duc !

— Hé, Marion, laisse ça ! lâchai-je, avant de saisir son poignet et de glisser l'enveloppe dans la poche intérieure de ma veste. Voilà. – Je frappai ma poitrine. – C'est *ma* lettre !

— Oh là là, M. Champollion ne serait pas amoureux, par hasard ? gloussa Marion.

Cela m'était égal.

Je me rendis dans la salle de bains et verrouillai la porte. Pourquoi la Principessa m'envoyait-elle brusquement une vraie lettre ? Je palpai l'enveloppe et il me sembla sentir quelque chose de plus épais que du papier. Serait-ce une photo ? Oui, c'était une photo, à coup sûr ! Dans quelques secondes, j'allais découvrir le portrait de la femme qui avait enclenché les rouages de mon imaginaire, lesquels tournaient maintenant à plein régime.

Je décachetai le courrier avec excitation et fixai son contenu, incrédule.

— Nom d'un chien !

Ensuite, je ne pus m'empêcher de rire.


La Principessa m'avait adressé une carte. On pouvait y voir une jeune femme, presque une jeune fille encore. Allongée à plat ventre sur une sorte d'ottomane, dans une pose à la fois détendue et aguicheuse, elle s'appuyait sur ses bras et laissait voir à l'observateur son beau dos nu, sans parler de son adorable derrière. Elle paraissait délicieusement lasse après un jeu amoureux qui venait de prendre fin et s'étirait au milieu de coussins moelleux.

La fausse ingénue regardait droit devant elle, son délicat visage, encadré de cheveux blonds relevés, tourné de profil. Et elle possédait le nez le plus ravissant qu'on puisse imaginer.

J'étais en train de contempler un célèbre tableau du dix-huitième siècle. Son auteur, François Boucher, y avait représenté Marie-Louise O'Murphy, une des petites maîtresses de Louis XV. J'avais moi-même admiré cette toile en grandeur nature, exposée au Musée Wallraf-Richartz et Fondation Corboud de Cologne. Impossible de faire plus charmant et plus impertinent que ce nu féminin.

Au dos de la carte, la Principessa n'avait écrit que ces deux phrases :

*Ce nez ferait-il obstacle à vos baisers ?*
*Si la réponse est non, je vous attends… bientôt !*

— Espèce de petite sorcière, murmurai-je, sous le charme. Tu vas me le payer !

— Jean-Luc, ouvre ! fit Marion en frappant énergiquement à la porte. Téléphone !

La carte disparut dans ma poche et j'ouvris. Marion me donna le combiné avec un clin d'œil.

— Pour vous, mon Duc, annonça-t-elle, souriante. Ta personne est très demandée aujourd'hui, on dirait.

J'entendis, à l'autre bout du fil, une Soleil Chabon des plus enjouées, qui appelait d'un magasin de chaussures à Saint-Germain et voulait me donner rendez-vous au Shanghai Café, pour «manger une bricole» et discuter de l'exposition. J'acceptai, bien entendu.

Ce soir-là, je me retrouvai, l'estomac gargouillant, à faire la queue devant les caisses du Monoprix avec un panier plein.

Le Shanghai Café, élégant restaurant minimaliste situé rue Bonaparte, est un temple de sérénité extrême-oriental où l'on peut boire du thé vert dans des gobelets nains et pêcher dans des coupelles en porcelaine blanche, à l'aide de baguettes en bois, des bouchées de nourriture triées sur le volet. Ce n'est pas un établissement où, en tant qu'Européen, on mange à satiété.

J'avais observé Soleil Chabon avec une fascination teintée d'incrédulité. Elle avait porté à sa bouche, le geste gracieux, de minuscules rouleaux de printemps et un peu de salade de chou, avant de s'exclamer :

— Ouf, je n'en peux plus !

Je ne pouvais pas en dire autant. Mais la nourriture n'est pas tout, dans la vie.

Soleil m'avait expliqué qu'elle voulait exposer quinze tableaux, au lieu des dix prévus. Pas moyen de la freiner, elle avait encore peint une toile et elle était de très bonne humeur, et quand Soleil était bien lunée, elle pouvait se révéler extrêmement amusante.

Nous avions donc beaucoup parlé, beaucoup ri. À la fin de notre plaisante rencontre, qui m'avait même fait oublier un temps la carte de la Principessa, j'avais demandé des nouvelles de l'homme pour qui elle avait confectionné sa figurine en mie de pain, ce qui m'avait valu une surprise.

— Ah… lui! avait déclaré Soleil avec un geste dédaigneux de la main. Cette chiffe molle! Il n'a pas su saisir sa chance.

Elle me regardait en secouant sa chevelure noire, indignée, et j'avais remué un peu sur ma chaise, mal à l'aise. Soudain, je m'étais demandé s'il n'y avait pas du vrai dans la théorie de Bruno.

— Il était chez moi samedi soir…, avait précisé Soleil avec un sourire qui en disait long. Mais… au moment de… comment dire… Au moment de nous joindre l'un à l'autre, toute la magie s'était envolée. Une vraie catastrophe!

— Et le bonhomme en mie de pain? m'étais-je enquis, soulagé.

Bruno avait perdu son pari, c'était clair.

— Il nage dans les égouts de Paris.

Soleil avait pris congé en me serrant contre elle et j'avais suivi du regard, souriant, sa silhouette élancée; elle avait disparu derrière l'église Saint-Sulpice.

C'était comme dans la vieille berceuse des dix petits nègres : un jour ou l'autre, il n'en resterait plus qu'un.

J'avais monté péniblement jusqu'à mon appartement les sacs remplis de victuailles. J'avais fait revenir à la poêle un gros morceau de bœuf, partagé en toute fraternité avec Cézanne. J'avais appelé Aristide pour lui raconter de quelle manière la Principessa avait réagi à «la question du nez».

— Impayable ! s'était écrié Aristide. Cette dame est trop intelligente pour toi !

J'avais appelé Bruno pour lui expliquer pourquoi Soleil n'était pas la femme que nous cherchions.

— Dommage, avait commenté Bruno, mais qui est-ce, dans ce cas ?

Je lui avais parlé avec emballement de la reproduction de Boucher, de Cyrano de Bergerac et du nez de la Principessa.

— Et alors ? avait répondu Bruno, borné. Qu'est-ce qu'il y a de si génial là-dedans ? Tu ne sais toujours pas qui c'est. Sauf si cette bonne femme nue ressemble à quelqu'un que tu connais…

Pour la centième fois, je considérai la carte posée sur mon bureau, devant moi, à côté de mon ordinateur portable ouvert. Je pris mon verre et bus une gorgée de vin rouge. Connaissais-je une femme qui ressemble au modèle de François Boucher ? L'illustration avait-elle été choisie arbitrairement ? Le sujet en était osé, destiné sans aucun doute à me provoquer, mais recelait-il également un indice ? Un détail qui puisse me mettre sur la piste ?

Mes yeux ne cessaient de caresser l'espiègle représentation de la jeune fille nue derrière laquelle se dissimulait la Principessa, et je dois avouer que ce n'était pas son nez aux proportions parfaites qui enflammait mon imagination.

Je me versai un autre verre de vin, puis j'entrepris de rédiger la lettre que méritait la Principessa.

Objet : *La vérité nue !*

*Ma belle parmi les belles !*

*Quelle surprise !*
*Quelle farce audacieuse ! Comment avez-vous osé m'envoyer une telle image ? Que vous permettez-vous là ?!*

*Ce matin, après que j'eus ouvert, tout à mon impatience fébrile, la lettre que vous vous étiez hâtée de me faire parvenir, les yeux ont bien failli me sortir de la tête. Je note que vous vous gaussez de moi. Quel acte monstrueux ! Vous agitez un chapelet de saucisses sous le nez d'un pauvre affamé.*

*À ce propos ! Comment penser ne serait-ce qu'une seconde à votre nez, quand vous m'offrez avec impudeur le corps le plus enjôleur que le monde ait jamais vu, une impudeur non dénuée de charme, certes !*

*Cependant, pour répondre à votre question, qui naturellement n'en est pas une, mais plutôt le sommet de la provocation, puisque vous me menez* joliment par le bout du nez – non, évidemment qu'un tel appendice n'est pas un obstacle aux baisers !

En outre, je sais désormais que vous me plairez, que vous ressembliez à cette dame ou non. Quand on choisit et qu'on adresse ce genre d'illustration, on promet d'être tout sauf un crapaud hideux. Je vous prends donc au mot !

Maintenant que la question du nez est tirée au clair, à la satisfaction générale, je m'autorise à supposer que vous me recevrez bientôt, très bientôt, dans vos appartements, pour me montrer la vérité nue.

À moins que vous n'ayez peur ?

De mon côté, j'ai peine à attendre le moment où je m'étendrai à vos côtés pour souffler de vilaines choses dans votre charmante oreille, tandis que mes mains descendront lentement le long de votre dos, jusqu'à cette partie de votre corps dont je tairai le nom et que vous me présentez avec tant d'effronterie.

Ensuite, belle Principessa, vous me paierez le fait que je ne puisse plus penser à autre chose qu'à vous !

C'est toutefois ce que vous vouliez, n'est-ce pas ?

Principessa ! Une longue nuit m'attend, une nuit que je passerai seul dans mon lit. Comme je ne pourrai vous toucher, j'en appelle aux mots. Venez dans mes bras et répondez-moi !

Votre Duc, assis devant l'écran, dans une attente passionnée

J'envoyai mon courrier traverser la nuit et m'affalai dans mon fauteuil. J'étais étonné de l'élan et l'éloquence avec lesquels j'avais écrit. Transporté par le vin, je me prenais pour le fameux Cyrano, qui adresse une lettre après l'autre à sa Roxane avide de mots d'amour. Mes épanchements n'étaient peut-être pas de la même qualité littéraire, mais en termes de fougue amoureuse, ils ne le cédaient en rien au grand maître.

Si quelqu'un m'avait dit, quelques jours plus tôt, que j'allais bientôt entretenir une correspondance soutenue avec une inconnue, je lui aurais tapoté la tempe.

Au début, c'était le jeu qui m'avait séduit. Pour autant – aussi incroyable que cela puisse paraître –, mes phrases, qui visaient un but précis, avaient ensuite gagné en autonomie, se détachant de plus en plus de ma raison ; elles menaient désormais une vie propre, indomptée, elles s'étaient emplies de sentiments, et brusquement, je *sentais* les mots que je tapais.

Je me levai, agité, et m'approchai de la bibliothèque vitrée. Mes vieux albums de photographies se trouvaient tout en bas. Je les sortis, m'installai dans mon club et feuilletai les pages en carton jauni. Qu'espérais-je ? Trouver une ancienne photo de classe où figurerait Lucille ? Difficile à dire. Deux ans après ce malheureux été, Lucille, dont je ne me rappelais même pas le nom de famille, avait déménagé. Je refermai l'album que j'étais en train de consulter, pensif. Mon passé m'avait-il rattrapé ? Si j'avais le pouvoir d'en décider, Lucille serait-elle vraiment mon premier choix ? Et quelle Lucille serait-ce alors – celle d'autrefois ou celle d'aujourd'hui ? Bruno avait raison, les gens changent et le souvenir n'est pas toujours bon conseiller.

Le vin me rendait philosophe.

Je crois que c'est ce soir-là que je décidai de laisser venir les choses. Bien sûr, j'étais curieux de connaître l'identité de la femme qui m'écrivait ces lettres ; bien sûr, je brûlais de découvrir à quoi elle ressemblait, ce que cela faisait de la toucher. Mais, tandis que j'allais et venais entre les époques et les murs tapissés de mon salon, étrangement bouleversé, il me vint à l'esprit que c'était maintenant l'auteure des missives qui m'intéressait, que j'aspirais à voir – quel que soit le nom qu'elle porte !

Une heure s'était écoulée depuis que j'avais envoyé mon courrier, et j'avais – sans mentir – consulté trente-cinq fois ma boîte mail.

Lorsque je m'arrêtai devant mon ordinateur pour la trente-sixième fois, la Principessa avait répondu.

Objet : *Je viens…*

*Mon cher Duc !*

*Puisque vous voilà assis devant l'écran, espérant*

*ardemment une réponse de ma part, je ne peux que vous écrire incontinent.*

*Je me réjouis également que la question du nez soit éclaircie, et j'aimerais, s'il devait vous rester un soupçon de doute, dissiper ce dernier : je suis vraiment tout sauf un crapaud hideux! Si votre vue n'était pas aussi troublée, vous l'auriez remarqué depuis longtemps. Simplement, certaines choses ne se révèlent qu'au second regard, qui plonge, de temps à autre, un peu plus profond que le premier.*

*Vous me voyez ravie que ma «farce audacieuse» ait fait mouche. Comme vous le supposez avec justesse, je n'ai pas pris par hasard miss O'Murphy pour substitut. Je sais que je dois nourrir non seulement vos oreilles, mais aussi vos yeux, mon Duc, si bien que vous devrez me pardonner d'avoir choisi un thème qui stimule votre imaginaire érotique, même si vous pestez contre le «chapelet de saucisses».*

*Enfin, non – je n'ai pas peur! Ni d'être victime de la vengeance voluptueuse que vous me laissez entrevoir dans votre dernière missive, ni d'honorer la douce promesse qui accompagnait la reproduction de Boucher.*

*J'ai peine à attendre l'un comme l'autre.*

*À présent, je viens à vous, mon tendre Duc, vos désirs sont des ordres! Cette nuit n'appartient qu'à nous!*

*Laissez donc votre main partir en exploration; finalement, lorsqu'il me plaira, je m'en emparerai et la glisserai entre mes cuisses…*

*Dormez bien !*

*La Principessa*

Je ne sais pas où le sang afflua en premier lorsque j'arrivai à la conclusion. Je me laissai violemment retomber dans le fauteuil et poussai une expiration bruyante. Incroyable ! Ce courrier était pire que n'importe quelle toile, aussi osée soit-elle, que le peintre s'appelle Boucher ou autrement. Je pris mon verre et le vidai d'un trait. Plus question de penser à dormir. Mais la Principessa, j'en faisais le serment, ne devait pas non plus fermer l'œil pendant cette nuit qui n'appartenait qu'à nous.

J'allais lui apporter une réponse qui surpasserait la sienne. Je serais à ses côtés, telle une ombre ardente, et je veillerais à ce qu'elle se tourne et se retourne entre ses draps jusqu'au matin, tourmentée par le désir.

J'écrivis sans discontinuer, mes doigts effleurant le clavier. Puis je m'interrompis un moment, je cliquai posément sur «Envoyer» et un sourire dionysiaque vint étirer mes lèvres.

Objet : *Cette main, cette main…*

*Carissima !*

*J'ignore comment vous châtier pour la remarque inouïe qui conclut votre dernière missive !*

210

«... finalement, lorsqu'il me plaira, je m'en emparerai et la glisserai entre mes cuisses...» De tels mots ne peuvent être écrits impunément, sans offrir à votre ardent adversaire la possibilité de parer cette offensive.

Voici donc ma punition : cette main, que vous avez guidée avec art, vous enseignera ce qu'est la volupté, je vous en fais la promesse.

Vous ne soupçonnez pas le moins du monde qu'elle est en mesure de vous arracher le plus profond, le plus intime des soupirs... Vous réclamerez la délivrance à cor et à cri... et je ne vous l'accorderai pas.

Je vous réserverai les plus délicieux des tourments, sans éteindre votre brasier, sans exaucer vos supplications. Après votre totale reddition, la main que vous avez appelée à vous parachèvera l'œuvre qui fera votre félicité.

À présent, dormez bien vous aussi, plus belle des Principessas !

Votre Duc

## 12

Avec le recul, je ne sais pas comment je surmon-
tai les deux semaines qui suivirent. Elles furent
marquées par les préparatifs de l'exposition qui
devait être inaugurée au début du mois de juin, et
par les deux cent vingt-trois mails que j'échangeai
avec la Principessa.

Je peux au moins affirmer qu'en ce qui me
concerne, durant ces nuits parcourues de mots
tendres et excitants, traversées de rêves exquis,
j'eus le plaisir de ne pas bien dormir.

Ma boîte mail était devenue une prison que je
quittais à regret, tant j'avais peur de manquer une
lettre de la Principessa. J'allais et venais donc avec
célérité tel Mercure, le messager aux pieds ailés.
J'allais travailler à la galerie, et sans Marion, dans ma
distraction béate, j'aurais oublié certains rendez-
vous. Les invitations au vernissage, sorties de l'im-
primerie, étaient très réussies. Nous avions choisi,
pour illustrer les cartons, le tableau de la femme
qui veut quelque chose mais ne sait pas encore

comment l'obtenir, et l'enthousiasme de Soleil ne connaissait pas de bornes. J'étais très souvent chez cette dernière pour admirer de nouvelles toiles, peintes généralement la nuit, et lui donner des conseils dans la mesure de mes moyens. J'avais accompagné Jane Hirstman et sa nièce exaltée, qui ne se privait pas de m'appeler Jean-Luc, à une exposition d'art moderne au Grand Palais. Je m'étais rendu une paire de fois au Duc de Saint-Simon, afin de discuter des détails de l'exposition avec Mlle Conti, qui m'apparaissait moins distante et un peu plus ouverte que d'habitude. Son accueil se faisait chaque fois plus amical, elle gratouillait la nuque de Cézanne et déposait une écuelle d'eau devant lui quand nous passions du temps à nous demander où accrocher ceci ou cela. Apprenant que «Monsieur Charles» assisterait au vernissage et aurait besoin de «sa» chambre, elle m'avait adressé un sourire rayonnant.

«*When you're smiling, when you're smiling, the whole world smiles with you*», fredonnais-je, et même si je dormais sûrement moins que le général Bonaparte sur le champ de bataille, j'arpentais, avec entrain et bonne humeur, les rues de Paris.

Un soir, j'avais retrouvé Bruno à la Palette. Il m'avait pardonné mes cris au téléphone et tenait à s'acquitter de son pari, bien qu'il regrette toujours (naturellement) que la belle Soleil ne soit pas la bonne : selon lui, nous aurions fait un couple fantastique.

Nous avions continué à essayer de deviner l'identité de la Principessa autour d'une bouteille de Veuve Clicquot, puis j'avais été gagné par l'agitation : je voulais retrouver ma machine miraculeuse, lire ou écrire une lettre. Certains jours, il m'arrivait même de quitter précipitamment la galerie pour regagner la rue des Canettes, m'assurer qu'un courrier n'était pas arrivé, et Marion me regardait partir en secouant la tête, les poings sur ses hanches étroites.

— Tu as maigri, Jean-Luc, il faut que tu manges, avait assuré Aristide avec un clin d'œil, avant de déposer sur mon assiette la troisième part de tarte Tatin. Tu vas encore avoir besoin de tes forces.

Les autres convives de ce jeudi fixe avaient ri, sans savoir exactement pourquoi. Il régnait autour de la table une atmosphère détendue et inspirée, comme toujours, mais j'avais été un peu surpris de m'apercevoir que Soleil Chabon et Julien d'Ovideo échangeaient, avant le dessert, leurs numéros de portable et des regards un peu trop appuyés.

Je l'avoue, j'avais ressenti un petit pincement au cœur, vraiment tout petit, en regardant les deux jeunes gens descendre les derniers, riant et bavardant, l'escalier de l'immeuble. Je m'étais demandé si Soleil allait se lancer à nouveau dans la production de bonhommes en mie de pain.

Puis j'avais aidé Aristide à faire la vaisselle et j'en étais revenu à mon sujet de prédilection. Avec une certaine hésitation, j'avais remis à mon ami les lettres de la Principessa – en omettant quelques écrits particulièrement croustillants. Notre correspondance avait quitté depuis longtemps le domaine du convenable, même si nous échangions aussi sur d'autres sujets, parfois très divertissants, parfois très personnels. Pour autant, malheureusement, la Principessa ne se montrait jamais assez explicite pour que, simple mortel, je puisse en tirer une quelconque conclusion.

Au cours d'une de nos nuits blanches, nous avions abordé le thème des «premières amours»; je m'étais enhardi et j'avais dépeint dans le détail la malheureuse histoire, que mes meilleurs amis ne connaissaient pas. Si jamais Lucille était la Principessa – une option qui sommeillait toujours dans le coin le plus reculé de mon cerveau exalté, bien que je ne l'évoque plus devant Bruno pour éviter de me disputer encore avec lui –, elle saurait enfin, me disais-je, ce qui s'était réellement passé autrefois. Mais, qui que soit la femme à laquelle j'avais fait mon aveu, elle avait réagi avec une très grande compassion.

*Aucune lettre d'amour ne fut jamais écrite pour rien, cher Duc, la vôtre non plus, écrivait la Principessa. Je suis persuadée que votre jeune amie, alors sans cœur, voit aujourd'hui la chose avec d'autres yeux. C'était sûrement la première lettre d'amour qu'elle recevait, et vous pouvez être certain qu'elle la possède toujours – qu'elle soit maintenant mariée ou non –, qu'elle la sort parfois avec un léger sourire d'une petite boîte, comme un trésor, et qu'elle pense alors au garçon avec lequel elle a mangé la meilleure glace de sa vie.*

J'avais également caché ce courrier à Aristide, même s'il ne renfermait aucune confidence érotique. Les mots de ma correspondante inconnue, que je connaissais désormais aussi bien que les tableaux de ma galerie, m'avaient profondément touché et curieusement réconcilié avec la traîtresse qui m'avait anéanti voici bien des années, près d'un sentier qui embaumait le mimosa.

Aristide avait promis d'examiner notre correspondance et de me prévenir dès qu'il découvrirait un élément particulier. Il avait aussi promis de venir au vernissage. C'est à une heure avancée que j'avais pris congé et je m'étais hâté de regagner mes pénates avec Cézanne, pour honorer un nouveau rendez-vous épistolaire.

Mme Vernier était partie passer quatorze jours dans sa résidence d'été en Provence, si bien que le fidèle Cézanne était toujours à mes côtés, quoi que je fasse. C'est aussi avec lui que je parlais le plus de la Principessa, tandis que j'écrivais mes lettres, soir après soir, nuit après nuit, marmonnant des phrases, oscillant entre euphorie et agitation nerveuse, avant d'emporter les mails imprimés de la Principessa dans mon lit pour les relire, encore et encore, et me délecter de telle ou telle formulation.

216

Le temps s'était écoulé ainsi, et je serais incapable de dire s'il s'était enfui à toute vitesse ou pas. C'était un temps en dehors du temps et j'attendais fébrilement le jour où la Principessa m'enverrait cette dernière lettre tant espérée.

Arriva le 8 juin, un jour radieux.

Le jour où je faillis perdre la Principessa à jamais.

Ce matin-là, tôt, quand j'ouvris les rideaux de ma chambre avec un sentiment de joie mâtiné d'excitation et que je pus admirer un ciel bleu, sans nuages, rien ne me préparait à la catastrophe qui devait se produire à l'occasion du vernissage.

Et même lorsque, à l'apogée de cette soirée réussie dont le personnage central était sans conteste Soleil Chabon, dans une robe coquelicot descendant jusqu'au sol, j'embrassai une jeune femme sur la bouche, je ne me doutais pas que le Duc de Saint-Simon allait, une fois encore, devenir le théâtre d'un drame dans lequel j'avais une certaine part de responsabilité.

Pour commencer, tout était comme d'habitude. Bon, pas tout à fait comme d'habitude, car, quel que soit le nombre d'expositions qu'on ait mises sur pied, on est toujours aux prises avec cette tension qui ne retombe qu'une fois que chaque invité tient un verre à la main, qu'on a prononcé son allocution distrayante et que les rédacteurs culture tournent autour des œuvres exposées, la mine grave. Par ailleurs, quand on a parcouru tout ce chemin avec succès, il ne peut plus arriver que l'artiste disjoncte à la dernière minute et, envahi par le doute ou l'hystérie, refuse brusquement de venir.

Alors – à l'instar du chirurgien qui, après une opération délicate, cherche la petite mort entre les bras de l'infirmière du bloc opératoire –, toute cette tension vous quitte avec une telle violence qu'on dépasse parfois les bornes, agissant inconsidérément.

Dès l'après-midi, je m'étais rendu à l'hôtel pour régler les derniers préparatifs. J'y avais empêché une Soleil surexcitée de décrocher certaines toiles au dernier moment.

Mlle Conti s'était précipitée à ma rencontre dans le hall d'accueil. Dans sa vaporeuse robe Empire en gaze bleu nuit, caressant ses jambes nues (que Cézanne aurait sûrement flairées avec enthousiasme, si je ne l'avais pas laissé chez Mme Vernier, de retour chez elle), je ne l'avais reconnue qu'au second coup d'œil. Des saphirs en forme de gouttes tremblaient aux lobes de ses oreilles, ses pieds étaient chaussés de ballerines gris argenté.

— Monsieur Champollion, venez vite, Mlle Chabon est devenue folle ! s'était-elle exclamée.

Je m'étais rué dans le premier salon, où étaient accrochées la plupart des toiles.

— C'est de la merde ! murmurait Soleil, la mine sombre, en fixant une de ses œuvres.

— Soleil, reprends-toi, avais-je déclaré fermement, en éloignant l'artiste, avec une douce

218

détermination, de l'objet de son mécontentement. Qu'est-ce que tu fabriques – tu nous offres une représentation de réalisme névrotique ?

Soleil avait laissé retomber ses bras et m'avait regardé comme Camille Claudel, juste avant qu'on ne l'emmène dans une maison de santé.

— Tes tableaux sont grandioses, tu n'en as jamais peint de meilleurs, avais-je ajouté.

Soleil avait eu un sourire méfiant, mais tout de même, elle avait souri.

Au bout d'un quart d'heure, je l'avais assez calmée pour qu'elle me laisse l'entraîner vers un canapé où je lui avais mis, d'autorité, un verre de vin rouge dans la main.

Ce n'est qu'à l'arrivée de Julien d'Ovideo que son humeur s'était vraiment améliorée. De petite fille abattue, je l'avais vue se transformer en une reine fière faisant cadeau à ses admirateurs de sourires rayonnants.

Exception faite de cet incident, la soirée n'aurait pu mieux se dérouler. Tout le monde était venu, y compris les inévitables rats d'exposition, ces obsédés qu'on croise à chaque vernissage, qu'ils soient invités ou pas.

Les salons semblaient déborder de gens qui parlaient et riaient ; quant aux fumeurs, ils discutaient dans la cour à l'entrée de l'hôtel, éclairée de grands photophores et où Marion avait fait installer des tables hautes nappées de blanc.

Je traversai la foule, souriant.

M. Tang, mon collectionneur passionné de l'Empire du Milieu, était en admiration devant Soleil qui, telle une grande fleur rouge, le guidait personnellement d'une toile à l'autre, jusqu'à ce qu'une journaliste engage la conversation avec elle. Aristide me tapa sur l'épaule et me susurra que tout était absolument superbe. Bruno, un cocktail à la main, se tenait en face d'un tableau intitulé *L'Atlantique Nord*, songeur. Il avait apparemment surmonté, ne serait-ce que temporairement, son aversion pour l'art contemporain.

Jane Hirstman couvrait le brouhaha de ses exclamations enthousiastes (*Gorgeous! Terrific! Amazing!*). En me voyant, sa nièce Janet me serra très chaleureusement contre elle. Ce soir-là, elle était époustouflante – il n'y avait pas d'autre terme – dans sa robe moulante en soie vert bouteille dont les bretelles étroites se croisaient dans le dos, dévoilant sa peau bronzée. Avec ses cheveux relevés, elle avait l'air bien moins jeune qu'à notre première rencontre fortuite, au Train Bleu. Les yeux étincelants, elle prit la coupe de champagne que je lui tendais.

Même Bittner, mon ami allemand toujours enclin à la critique, ne trouvait pas matière à médire. Je le vis passer devant les toiles avec un large sourire, avant de se planter devant Luisa Conti, à la réception, pour lui faire des compliments.

— Mademoiselle Conti, savez-vous que vos yeux ont exactement la même couleur que vos boucles d'oreilles ? l'entendis-je dire. On dirait deux saphirs ! N'est-ce pas, Jean-Luc ?

Je m'arrêtai, et lorsque Luisa Conti céda à la charmante insistance de « Monsieur Charles » et enleva un moment ses lunettes foncées, à contre-cœur, je dus avouer qu'il avait raison. L'espace d'un instant, deux yeux bleu nuit se posèrent sur moi, puis Mlle Conti remit ses lunettes et sou-rit à Karl Bittner, qui lui tendait un verre de vin blanc.

— Charles, vous exagérez… Merci, c'est très aimable, fit-elle en prenant le verre.

Je voulais aussi dire quelques mots gentils.

— À la dame aux yeux de saphir, qui a évité le pire aujourd'hui ! déclarai-je en trinquant avec Mlle Conti. Et un grand merci, une fois encore, pour votre soutien de taille. C'est magnifique.

— Oui, confirma Bittner, comme si je m'étais adressé à lui. – Il s'accouda nonchalamment au bureau ancien et se pencha en arrière, tellement que sa main n'était pas loin de frôler l'étoffe de la robe de Mlle Conti. – Ce lieu dégage une atmos-phère vraiment particulière. Un cadre grandiose pour les œuvres de Soleil Chabon, qui sont… – Il m'adressa un signe de tête approbateur. – … remarquables. Chapeau bas ! – Puis Karl Bittner se détourna et consacra de nouveau toute son atten-tion à la dame qui se tenait à son poste, les joues rougies. – Quel est ce merveilleux parfum ? De l'héliotrope ?

J'abandonnai les tourtereaux, fis encore un tour ou deux, bus un verre de vin ici et là, et sortis dans la cour déserte.

Je m'installai à une table haute et contemplai le ciel. D'un bleu très profond, il formait une voûte au-dessus de la ville et on voyait même quelques étoiles, ce qui est rare dans la capitale.

Heureux, j'allumai une cigarette et soufflai la fumée en l'air. Je me sentais porté par une vague de gratitude. La vie à Paris était parmi les plus belles, le vin m'était un peu monté à la tête et la lettre que la Principessa m'avait écrite ce jour-là, où il était question d'«ardeur totale», de «désir ardent impossible à assouvir» et d'autres choses indicibles, qui devaient bientôt se produire (quand, enfin?), provoquait en moi une délicieuse fébrilité dont je n'étais plus maître.

— Je peux aussi en avoir une?

Une femme mince vêtue d'une robe vert bouteille venait de surgir près de moi. Janet. Une mèche de ses cheveux, qui brillaient comme du bronze à la lueur des photophores, s'était détachée et caressait son épaule nue.

— Bien sûr...

Je lui tendis le paquet et grattai une allumette. La flamme jaillit dans l'obscurité et j'aperçus le visage de Janet, tout proche. Elle enveloppa de sa main mes doigts qui tenaient l'allumette, se pencha en avant pour allumer sa cigarette, prit une grande bouffée, et c'est alors que cela arriva.

Au lieu de lâcher ma main, Janet souffla la flamme et m'attira contre elle sans dire un mot.

J'étais trop surpris pour réagir. Comme ivre, je chancelai et m'en remis au baiser de la belle Américaine, et lorsque je sentis sa langue dans ma bouche, il était trop tard.

Mes digues s'étaient rompues, et toutes les émotions accumulées en moi trouvèrent leur déversoir dans ce moment de passion muet, une passion qui s'exprimait enfin, même si elle concernait une autre personne.

Je reculai, hébété. Une porte claqua, des pas retentirent dans la cour et nous quittâmes l'ombre du mur.

— Pardon, murmurai-je.

Quelques invités venaient de sortir et riaient.

— Vous n'avez pas besoin de me demander pardon. C'était ma faute, sourit Janet.

Elle avait l'air diablement séduisant. Je songeai à la Principessa, mais Janet n'était pas la Principessa.

En effet, lorsque j'avais rencontré pour la première fois la nièce résolue de Jane Hirstman, au Train Bleu, j'avais déjà échangé plusieurs courriers avec ma mystérieuse inconnue.

Quelque part dans mon crâne, une petite voix me mit en garde. Je secouai la tête.

— Vous voulez que j'aille vous chercher autre chose à boire ? demandai-je à Janet.

La soirée touchait à sa fin.

Aristide Mercier, un des derniers à partir, enfilait son manteau devant la réception.

— C'était somptueux, mon Duc ! Quelle gloire ! Quelle soirée !

J'étais bien de cet avis. En me dirigeant vers le vestiaire pour récupérer mon propre manteau, je vis, du coin de l'œil, Aristide prendre congé de Luisa Conti en s'inclinant légèrement, puis attraper un fascicule posé près du livre des réservations.

— Oh, Barbey d'Aurevilly ? s'étonna-t-il. Quelle lecture singulière ! J'ai, un jour, tenu un séminaire portant sur *Le Rideau cramoisi…*

Une discussion s'engagea, mais je n'écoutais plus que d'une demi-oreille. J'enfilai mon trench et glissai mon paquet de cigarettes dans ma poche.

Je pensai un moment à Soleil, partie un quart d'heure plus tôt avec Julien d'Ovideo, bras dessus, bras dessous. Les deux jeunes gens avaient disparu dans l'obscurité de la rue de Saint-Simon, chuchotant gaiement et riant. Je pensai à Janet, à ses lèvres chaudes sur ma bouche et au fait qu'avec son fair-play tout américain, elle ne m'avait pas tenu rigueur de ma retraite précipitée. Je me demandai si la Principessa avait déjà réagi à ma réponse, rédigée en toute hâte avant que je ne quitte l'immeuble pour rejoindre le Saint-Simon.

Ensuite, je remarquai un morceau de papier dans la poche de mon manteau.

Croyant à un vieux reçu de restaurant, je le sortis distraitement pour le jeter dans une poubelle.

Comment aurais-je pu me douter que je tenais là mon arrêt de mort ?

Je fixais le bout de papier, incrédule. Quelqu'un m'avait laissé un message fulminant.

Et ce quelqu'un n'était autre que la Principessa.

*Mon cher Duc, je vous préviens, si vous embrassez encore une fois cette superbe Américaine, nous devrons renoncer à notre correspondance... J'en ai assez vu et m'éloigne sur-le-champ.*

*Votre Principessa ulcérée*

Il me fallut quelques secondes pour comprendre.

La Principessa m'avait vu embrasser Janet. La Principessa m'avait pris en fragrant délit, et il lui était franchement égal que le baiser de Janet m'ait saisi à l'improviste.

En d'autres termes : la Principessa s'était présentée ici, à ce vernissage, dans cet hôtel. Ici.

Je poussai un juron. Merde, merde et merde ! Une seconde plus tard, je me précipitais à la réception, où Aristide faisait bénéficier Mlle Conti, assise dans son fauteuil, d'un cours privé.

— Mademoiselle Conti ! m'écriai-je d'une voix que l'émotion rendait stridente. Avez-vous vu quelqu'un tourner autour de mon trench ?

Aristide interrompit son exposé, et deux paires d'yeux étonnés se posèrent sur moi.

— Comment ça, tourner autour de votre trench ? demanda lentement Mlle Conti, comme si elle parlait à un malade. Il y a un problème ?

— Est-ce que quelqu'un a mis quelque chose dans mon manteau, dans mon manteau, oui ou non ! la brusquai-je.

Je me plantai devant elle et frappai ma poche latérale, énervé.

— Comment voulez-vous que je le sache ? Je ne suis pas la préposée au vestiaire, après tout, répondit-elle en haussant les épaules.

Aristide leva la main, un geste d'apaisement.

— Jean-Luc, calme-toi ! Que signifie ce comportement ?

— Mademoiselle, faites un effort, s'il vous plaît ! m'exclamai-je, sans le gratifier d'un regard.

Je vacillai. Je me sentais un peu bizarre, à cause de l'alcool ou de la montée d'adrénaline, et je me cramponnai au bureau qui, quelques heures plus tôt, avait été le témoin muet d'un flirt printanier entre M. Bittner et Mlle Conti. À présent, le temps avait tourné et un vent glacial semblait balayer la réception.

— Vous n'avez pas bougé d'ici. Vous auriez dû voir si on avait mis quelque chose dans mon trench, non ? répétai-je obstinément, en élevant à nouveau la voix.

Derrière ses lunettes, les yeux de Mlle Conti étincelaient comme deux diamants noirs.

— Monsieur, je vous en prie… Vous êtes soûl, fit-elle d'un ton froid. Je n'ai vu personne. – Elle secoua la tête, l'air réprobateur, et ses boucles d'oreilles bleues s'agitèrent frénétiquement. – Qui devrait mettre quelque chose dans votre manteau ? Vous ne voulez pas plutôt dire qu'on a *pris* quelque chose dans votre manteau ? Il vous manque quelque chose ?

Je la fixais, hors de moi.

La Principessa m'avait échappé. Et elle était furax contre le Duc. Qu'allait-il se passer, maintenant ?

Je me sentais à la fois en colère et désorienté, j'étais énervé contre moi-même, et ma colère impuissante se déversa sur Luisa Conti, que tout cela ne semblait pas intéresser et qui ergotait.

— Non, il ne me manque rien. Et je connais encore la différence entre mettre et prendre, même si j'ai bu un verre de trop, grondai-je. Je ne cherche pas un voleur, vous savez ?

Aristide suivait notre altercation en retenant son souffle.

— Non ? fit Mlle Conti, sourcils arqués. Que cherchez-vous, alors ?

— Une femme ! Une femme merveilleuse ! m'écriai-je, désespéré.

— Dans ce cas, ce n'est pas un problème pour vous, monsieur Champollion.

Luisa Conti sourit, et je jure que c'était un sourire provocant, même si Aristide devait prétendre, plus tard, que c'était juste le fruit de mon imagination.

— Le monde est rempli de femmes merveilleuses, poursuivit-elle. Servez-vous !

J'émis un bruit rauque. Encore un peu, et je me
serais jeté sur cette petite sorcière, qui retournait
le couteau dans la plaie avec sa remarque enjouée.

Je sentis soudain la main d'Aristide sur mon
épaule.

— Viens, mon ami, dit-il avec fermeté, avant
d'adresser un geste d'excuse à Mlle Conti. Il vaut
mieux que je te ramène chez toi.

## 13

Trois jours plus tard, j'avais le moral au plus bas. Ce que je redoutais s'était produit.

Les maux de tête me martelant le crâne, avec lesquels je m'étais levé le lendemain du vernissage, n'étaient pas le pire. Je pouvais aussi encaisser le fait d'avoir – après un savon en règle d'Aristide, dont j'avais suivi le conseil – téléphoné sans attendre au Duc de Saint-Simon, encore assez embarrassé, pour m'excuser de mon comportement odieux auprès de Mlle Conti (même si la dame de la réception avait réagi avec une grande circonspection à mes déclarations).

Non, ce que je trouvais vraiment insupportable, ce qui me préoccupait jour et nuit et m'emplissait d'une panique grandissante, c'était le fait que la Principessa ne me répondait pas.

J'ignore combien de fois je m'étais précipité chez moi, en pleine journée, dans l'espoir de trouver un message de la Principessa dans ma boîte mail. La nuit, je me réveillais et je courais jusqu'au salon, subitement certain qu'elle venait de m'écrire. Cinq minutes plus tard, je réintégrais lentement ma chambre, déçu, et je ne parvenais plus à trouver le sommeil. C'était affreux. La Principessa gardait le silence, et c'est alors, seulement, que j'avais réalisé à quel point je m'étais habitué à ces lettres, à ces échanges quotidiens de pensées et de sentiments qui éclairaient ma vie, lui donnaient des couleurs et enflammaient mes rêves.

Je regrettais les petites taquineries, les aveux, les grandes annonces et les joutes érotiques où c'était un jour l'un, un jour l'autre qui avait le dessus ; je regrettais les mille et un baisers qui traversaient la nuit vers moi, les histoires que me racontait ma Schéhérazade, les tableaux qu'elle me dépeignait, son « Ne vous montrez pas aussi impatient, cher Duc ! » qui me réprimandait plaisamment.

J'avais d'abord sous-estimé la chose, je l'admets. J'avais bien compris que la Principessa était fâchée, mais je me pensais en mesure de la calmer avec de belles paroles.

J'avais naturellement répondu à son billet courroucé – dès le lendemain matin, j'avais adressé à la dame ulcérée un mail badin dans lequel j'expliquais qu'il n'y avait vraiment pas motif à être jalouse, que la belle Américaine ne m'intéressait pas le moins du monde, qu'il ne s'était rien passé et que ce léger incident était « quantité négligeable ». Je souriais en envoyant le courrier. Le soir, je ne souriais plus.

Saisissant que je n'obtiendrais aucune réaction, j'avais laissé l'espièglerie de côté, tout mis sur le compte de ma tension nerveuse et de l'abus d'alcool, et avoué qu'il s'était passé quelque chose, comme cela arrive de temps à autre, mais que cela n'avait rien à voir avec elle, la Principessa. Pour finir, je l'avais priée de ne pas être aussi entêtée et de faire preuve de la générosité que j'avais appris à apprécier chez elle, en se montrant à nouveau gentille avec moi.

Je n'avais pas obtenu de réponse à ce message non plus. La Principessa se montrait extrêmement butée. Face à ce nouvel échec, je m'étais emporté, moi aussi.

Dans mon troisième mail, j'exposais que faire une montagne d'une taupinière relevait d'une susceptibilité des plus puériles et qu'il était ridicule de mettre en scène un tel drame. J'ajoutais que, si la Principessa voulait continuer à bouder dans son coin, elle n'avait qu'à rester où elle était, pour ma part, j'avais autre chose à faire que de lui courir après en priant pour que le vent tourne.

Après ce courrier, je m'étais senti très bien pendant une heure. Porté par la suffisance, j'étais parti me promener avec Cézanne et j'avais traversé d'un pas déterminé les Tuileries, peuplées de couples d'amoureux. Mais lorsque, poussé par la supposition que j'avais remis en place les idées de la Principessa, j'avais ouvert la porte de mon appartement, le cœur rempli d'espoir, ma boîte mail était toujours vide. Une vague de mélancolie avait aussitôt submergé ma fierté.

Dans un quatrième mail, j'avais écrit (à contre-cœur) que la Principessa tenait la mauvaise personne pour responsable – ce n'était pas moi qui avais embrassé la belle Américaine, mais celle-ci qui m'avait imposé son baiser (adieu Casanova!), même si les apparences étaient contre moi. J'avais précisé que je comprenais néanmoins sa mauvaise humeur et que je voulais m'excuser en bonne et due forme.

Dans mon cinquième mail, j'affirmais avoir compris qu'on ne plaisantait pas avec la Principessa, qu'on n'embrassait pas impunément d'autres dames. J'ajoutais qu'elle m'avait laissé mariner assez longtemps, que j'étais un pécheur repenti, que cela n'arriverait plus, que j'avais appris la leçon, «mais, je vous en prie, répondez-moi ou dites-moi ce que je peux faire pour que vous me pardonniez, votre Duc malheureux».

La Principessa restait drapée dans son silence et j'étais désespéré.

J'avais téléphoné à Bruno.

— Ma foi, mon vieux, j'ai peur que tu aies drôlement gaffé, avait-il avancé d'un ton pensif. Tu m'as l'air dans l'impasse. D'un autre côté…

Il s'était tu un moment.

— D'un autre côté? avais-je répété avec avidité.

— Eh bien… Tu ne la connais pas vraiment, au fond, c'est peut-être mieux comme ça…

J'avais poussé un gémissement.

— Non, Bruno, c'est merdique ! Appelle-moi si tu as une idée, d'accord ?

Bruno avait promis de réfléchir.


Marion trouvait que j'avais très mauvaise mine («Tu ne vas quand même pas tomber malade, Jean-Luc ?»). Soleil m'avait regardé avec compassion, avant de demander si elle devait fabriquer un bonhomme en mie de pain pour moi. Un matin que j'essayais, en vain, d'ouvrir sa boîte aux lettres avec ma clé, Mme Vernier avait suggéré que j'étais surmené. Elle m'avait proposé de sortir Cézanne, si j'avais besoin de temps pour moi.

Même Mlle Conti, que j'avais saluée avec gêne cette semaine-là, en accompagnant à l'hôtel M. Tang qui avait décidé d'acquérir un tableau, s'était enquise si tout allait bien, soucieuse.

— Non. Pas du tout, avais-je confié en haussant les épaules et en tentant d'esquisser un sourire. Pardon.

Mon malheur ne reculait devant personne.


Cet après-midi-là, au cinquième jour de cette nouvelle ère, je retrouvai Aristide au Vieux-Colombier et lui rebattis les oreilles de mes lamentations.

— Qu'est-ce que je dois faire, qu'est-ce que je dois faire ?

On aurait dit le fameux disque rayé.

— Pauvre Jean-Luc, tu es vraiment amoureux de cette femme, constata Aristide, et cette fois, je ne le contredis pas. Accroche-toi! Demande-lui pardon mille fois, si cent fois ne suffisent pas. Dis-lui combien elle compte à tes yeux. Une femme capable d'écrire de telles lettres ne peut pas posséder un cœur de pierre.

Ce soir-là, je me réinstallai donc devant ma petite machine blanche, que je haïssais désormais, et me demandai ce que je pouvais encore écrire pour inciter la Principessa à répondre. Cézanne s'approcha, posa sa tête sur mes genoux et me regarda de ses yeux fidèles. Il devait sentir ma tristesse.

— Ah, Cézanne, soupirai-je. Tu ne pourrais pas écrire pour moi?

Cézanne poussa un gémissement affectueux. Je parie qu'il l'aurait fait si je l'avais baptisé Bergerac. Mais ce n'était pas le cas et j'allais devoir faire preuve d'imagination.

Je fixai l'écran vide, encore et encore. Puis, une fois de plus, je donnai tout.

Objet : *Capitulation!*

*Chère Principessa,*

*Vous ne m'avez toujours pas pardonné, et je ne saurai bientôt plus quoi faire. Mon cœur n'est qu'une plaie depuis que vous faites silence, mon système immunitaire psychique a volé en éclats, et si JE vous ai blessée par mon acte inconsidéré, VOUS pouvez être sûre que vous me blessez cent,* non, mille fois plus en demeurant aussi silencieuse et inaccessible.

Je vous demande pardon, je regrette vraiment de m'être autorisé un moment de faiblesse, et quand bien même vous y verriez une excuse stupide, ce baiser vous était destiné, à vous et à nulle autre !

Je ne relâcherai pas mes efforts pour vous couvrir de prières, car je ne peux pas croire que la magie qui existe entre nous cesse aussi facilement. Ce n'est pas possible, ce n'est pas permis.

Je ne veux que VOUS !

Il y a quelques semaines encore, je n'étais qu'un galeriste à peu près respectable ; aujourd'hui, vos mots et vos lettres m'ont métamorphosé, tant et si bien que mes sentiments ne connaissent plus qu'un chemin… celui qui mène à vous.

Qui l'aurait cru ?

Notre échange épistolaire me manque plus que les mots ne sauraient l'exprimer. Et moi ? Est-ce que je ne vous manque pas du tout ? Avez-vous oublié ce que nous nous sommes imaginé, toutes nos espérances, tous nos rêves ? Cela ne signifie-t-il plus rien ?

Principessa, je me languis de vous ! Je voudrais enfin être à vos côtés !

Oui, je suis curieux de connaître votre identité, je l'avoue. Mais ce n'est ni une curiosité voyeuriste ni une curiosité qui ne vise que ma propre satisfaction. Pas davantage une curiosité qui cherche à résoudre une énigme, un point, c'est tout.

*Au bord du désespoir, j'aspire ardemment à vous aimer et vous connaître, comme aucun ne vous a encore aimée et connue.*

*Pourquoi devrais-je me satisfaire de moins, alors que vous êtes infiniment riche, tellement insondable et inépuisable ?*

*Puisque je ne pourrai jamais venir à bout de vos trésors, soyez sans inquiétude : vous resterez toujours une énigme, aussi sûrement que vous disposez du secret de votre pouvoir sur moi, avec lequel vous pouvez tout me donner et tout me prendre.*

*Jamais aucun être ne m'a été aussi proche !*

*Aussi, tel Cyrano de Bergerac auquel je me sens particulièrement lié depuis quelques jours, bien que mon nez ne soit pas aussi grand, je vous assure solennellement que, si je ne vous vois pas bientôt, le dépit et l'amour me rongeront tant qu'il ne restera plus aux vers, dans ma tombe, que l'espoir d'un maigre repas.*

*La voici donc, ma capitulation sans conditions, signée ce vendredi treize juin, peu avant l'aube :*

*Je vous aime !*
*Je t'aime, qui que tu sois.*

*Jean-Luc*

Le jour commençait à poindre lorsque j'envoyai ma lettre, le cœur lourd d'inquiétude. J'avais hésité un moment avant d'écrire cette dernière phrase.

Non pas parce que je n'éprouvais pas réellement ce sentiment, mais parce que je notais avec surprise que je conjuguais le verbe «aimer», pour la première fois depuis bien des années. Oui, Aristide l'avait su immédiatement, tous ceux qui m'avaient vu ces jours-là le savaient, et maintenant – enfin ! –, je le savais également.

Je le sentais, si *ce* courrier demeurait sans réponse, la plus belle histoire du monde toucherait à son terme de manière irrévocable. Ensuite, autant jeter tout de suite mon ordinateur dans la Seine et entrer dans un monastère tibétain.

Cependant, avant de renoncer à tout, il me fallait un café bien corsé.

C'était bon de sentir le liquide chaud traverser mon corps à chaque gorgée. Pour autant, le breuvage ne me donna pas le coup de fouet espéré. Je me sentais aussi essoré que la serpillière que Marie-Thérèse tordait énergiquement après avoir lavé le sol, pour en chasser les dernières gouttes d'eau.

En proie à une fatigue infinie, le pas traînant, je regagnai mon fauteuil et me laissai tomber dedans.

Aussitôt, je me redressai, parfaitement dispos, si heureux que j'aurais pu m'amuser à déraciner tous les arbres du jardin du Luxembourg !

La Principessa avait répondu.

Jamais je n'avais ouvert un mail avec une telle fébrilité, jamais je n'avais englouti les mots avec une telle voracité. Lorsque je découvris l'objet, mon cœur marqua un temps d'arrêt, puis je ris de soulagement et ne fus plus que désir ardent.

Je lus le courrier de la Principessa dix, quinze fois, sans pouvoir m'arrêter. J'avais la sensation qu'on m'inondait de soleil au beau milieu de la nuit, et des flots de lumière s'invitaient effectivement par la fenêtre quand je parcourus la lettre une nouvelle fois.

Objet : *Ma dernière lettre au Duc !*

*Mon cher Duc !*

*Non, pas question que les vers des cimetières parisiens n'aient rien à grignoter et finissent par mourir de faim ! Il faut que ces petites bêtes trouvent un festin lorsque vous serez mis en terre, mon cher Duc. Mais cela ne doit se produire que dans bien, bien des années, car je ne suis pas près de vouloir renoncer à votre présence !*

*Ah, mon Duc ! Je plaisante, mais en réalité, mon cœur déborde !*

*Votre dernière missive m'a laissée sans voix. Jamais, de toute ma vie, je n'ai reçu pareille lettre. Vos mots m'ont traversée de part en part comme un torrent de chaleur, et les plus fins de mes capillaires se sont mis à bouillonner.*

*C'est le plus beau cadeau que vous puissiez me faire ; je n'entends pas, par là, la capitulation sans conditions d'un duc qui manie le fleuret à la perfection, mais votre cœur.*

*Votre merveilleux cœur blessé par l'amour.*

*Je l'accepte volontiers.*

*Maintenant que j'ai enfin lu les mots capables d'ouvrir la dernière cellule de mon cœur fier et craintif, je dois malheureusement vous annoncer que cette lettre sera l'ultime écrite par la Principessa au Duc.*

*Notre jeu prend fin, le Duc et la Principessa vont maintenant devoir ôter leurs costumes, se prendre par la main, s'embrasser et partir, ensemble, faire une promenade à travers la vraie vie, quelle qu'elle soit.*

*Je vous dis donc adieu, mon Duc, et je murmure tendrement ton nom : Jean-Luc, mon bien-aimé !*

*À présent, écoute bien ! Je te donne une dernière énigme pour te guider sur le chemin menant à ta Principessa, laquelle supprimera ce compte dès qu'elle aura envoyé ce message. Nous n'en aurons plus besoin.*

*Tu me trouveras au bout du monde... bien que le bout du monde ne se trouve pas toujours au bout du monde. Viens dans trois jours, le seize juin, viens à l'heure bleue.*

*En attendant, je prends congé avec le plus doux des baisers, une dernière fois en tant que*

*Votre Principessa*

## 14

Le temps est une chose étrange.

Il domine notre vie comme nulle autre mesure. En fin de compte, tout tourne autour du temps : celui que nous avons, celui que nous n'avons pas, celui qui nous reste. C'est le temps réel. Un jour, dix mois, cinq ans. Mais il y a aussi le temps ressenti, frère lunatique du temps réel. Celui qui transforme une heure d'attente en trente-six heures, celui qui nous fait brutalement passer d'une heure destinée à régler une affaire importante à huit pauvres minutes.

Le temps court devant, il rampe derrière, et il n'existe qu'un moment précis où *nous* le dominons. Ce sont ces rares instants où, parfaitement en prise avec lui, nous ne le sentons plus s'écouler. Alors, nous immobilisons ses engrenages dentés et traversons la vie sans effort, en roue libre.

Ce sont les instants de l'amour.

J'ignore combien de temps je restai devant la lettre de la Principessa, figé de bonheur. Je finis par bondir et me mis à danser dans l'appartement, tel Zorba le Grec, sans cesser de pousser des « *Yes !* » triomphants.

Cézanne tournait autour de moi en aboyant, il partageait mon euphorie, même s'il avait probablement d'autres raisons que moi d'être excité.

Nous dévalâmes donc gaiement l'escalier de l'immeuble, manquant renverser dans l'entrée Mme Vernier qui nous lança un « Bonjour ! » surpris, nous courûmes comme des fous dans le parc et Marion, qui avait déjà ouvert la galerie, alla droit au but.

— Dis donc, Jean-Luc, tu as l'air transfiguré. On dirait un homme neuf !

Oui, je le sentais bien, j'étais maintenant le favori des dieux et tout, tout allait me réussir. La devinette de la Principessa avait vite été résolue et il me restait le week-end entier pour faire des recherches.

Puisque le bout du monde ne se trouvait pas au bout du monde, à en croire la Principessa, il était sûrement à Paris. Il ne pouvait s'agir que d'un café ou d'un restaurant, qu'il me restait à trouver. Un exercice des plus faciles pour un rejeton du célèbre Jean-François Champollion, pensais-je, réjoui.

Pourtant, cette fois encore, je me trompais.

Si les cinq jours marqués par l'absence de la Principessa s'étaient traînés comme les cinq dernières années d'un vieil homme seul, poussives, je constatai avec effarement que les trois jours me séparant du rendez-vous avec ma belle inconnue me filaient entre les doigts comme du sable.

Le lundi à midi, alors que je ne savais toujours pas où me présenter «à l'heure bleue», en début de soirée, donc, une telle panique s'empara de moi que je dus me maîtriser pour ne pas demander à tous les passants que je croisais dans la rue où était le «Bout du monde».

J'avais tout tenté. Pour commencer, j'avais sorti mon répertoire téléphonique, sûr de ma victoire, mais aucun «Bout du monde» n'y était mentionné. Ensuite, j'avais appelé les renseignements et j'étais entré en conflit avec une dame impertinente, à l'autre bout du fil, parce que j'avais l'impression qu'elle ne s'impliquait pas assez. J'avais allumé mon ordinateur portable et entré les mots magiques dans le moteur de recherche. J'avais obtenu trois cent soixante-deux mille résultats, il y avait de tout, de l'agence de voyages au club échangiste, simplement, je n'avais pas trouvé ce que je cherchais et quatre heures de plus s'étaient enfuies.

J'avais appelé Bruno ; s'il se réjouissait pour moi que la Principessa ait réexaminé la question, il ne connaissait aucun «Bout du monde», lui non plus. Il avait eu l'idée géniale qu'il pouvait s'agir d'un bar, «à cause de l'heure bleue, c'est bien l'heure des cocktails, non ?». Voilà qui ne m'avançait pas.

Marion pensait se souvenir que le « Bout du monde » était une boîte dans le Marais. Julien d'Ovideo était d'avis que cela faisait référence à une jam graffiti en banlieue, et Soleil m'avait demandé si je n'avais pas mal compris et s'il n'était pas plutôt question d'un lieu comme Zanzibar. Ensuite, une fois encore, elle m'avait proposé de confectionner un bonhomme en mie de pain.

Aristide, sur qui reposaient mes derniers espoirs, avait disparu de la surface de la terre. Je ne parvenais à le joindre ni chez lui ni sur son portable.

La solution de l'énigme me fut apportée de façon assez inattendue.

À midi, ce lundi fatidique là, je retrouvai Julien et Soleil au Duc de Saint-Simon pour décrocher les toiles de l'exposition. Il ne me restait plus que six heures pour trouver le bout du monde, et ma nervosité grandissait à chaque minute. Mlle Conti était assise comme toujours à la réception de l'hôtel, et j'étais tellement aux abois que je lui posai également la question.

— Vous cherchez le Bout du monde ? répéta-t-elle lentement.

Je m'attendais déjà à une réponse négative.

— Je connais bien, poursuivit-elle. C'est une petite librairie de voyage, tout près.

Je la regardai comme j'aurais regardé la présentatrice du loto annonçant précisément les numéros imprimés sur mon ticket, et j'eus un rire incrédule.

— Vous êtes sûre ? m'exclamai-je.

Mon excitation la fit sourire.

— Mais bien entendu, monsieur Champollion. J'y ai encore commandé un livre il y a quelques jours. Si vous voulez, nous pouvons y aller ensemble quand vous aurez fini ici.

— Merci ! m'écriai-je avec exubérance.

À cet instant, j'aurais voulu serrer contre moi Luisa Conti, si menue dans son tailleur bleu foncé. Qui aurait pensé que le bout du monde était accessible à ce point ? Le bonheur ne se trouvait plus qu'à un jet de pierre.

— Au fait, je vais bientôt arrêter au Saint-Simon, annonça Mlle Conti, alors que nous empruntions l'étroite rue de Saint-Simon.

— Oh ! fis-je, étonné. Je veux dire… pourquoi ?

— Mon travail à l'hôtel n'était qu'une transition, expliqua-t-elle. Après les vacances d'été, j'aurai enfin ma chaire à la Sorbonne. Littérature française.

— Oh ! répétai-je.

Un commentaire pas très spirituel, mais je n'avais jamais envisagé que la présence de Mlle Conti à la réception du Duc de Saint-Simon puisse n'être que temporaire. Pour être honnête, je n'avais jamais envisagé grand-chose concernant Mlle Conti, mais j'étais impressionné par cette histoire de chaire à la Sorbonne. Je repensai à la conversation animée qu'Aristide et Mlle Conti avaient eue, le soir du vernissage – non, je préférais ne pas y repenser !

— Cela vous rive le clou ? s'enquit Mlle Conti en me regardant de côté.

Derrière ses lunettes foncées, ses yeux étincelaient. Elle me parut plus détendue que d'habitude – peut-être la perspective de son nouvel emploi la mettait-elle de bonne humeur. Manifestement, tout le monde avait motif à se réjouir.

— Non, non, protestai-je avec un sourire. C'est fantastique. Je suis juste un peu surpris… Vous allez me manquer.

Je la considérai et me rendis compte que c'était vrai. Ce serait curieux d'arriver au Saint-Simon et d'y trouver une autre à la réception. Une dame qui ne déformerait pas toujours les noms et ne serait pas donneuse de leçons. Qui ferait la différence entre Jane et June. Qui utiliserait un stylo-bille, pas un Waterman qui bave. Nous avions tout de même partagé certaines choses, cette année-là… Avant de verser dans la sentimentalité, j'ajoutai :

— Et que dire de M. Bittner… Il va être drôlement triste !

Quelques mètres plus loin, je consultai ma montre, agité.

Il était dix-sept heures trente, j'avais encore le temps.

L'après-midi durant, nous avions emballé et rangé les tableaux, aidés du sympathique Tamoul qui assurait normalement le service de nuit mais était venu plus tôt, ce jour-là. Julien était parti un quart d'heure plus tôt dans sa camionnette, une Soleil heureuse sur le siège passager.

— Bonne chance ! m'avait-elle chuchoté à l'oreille au moment de leur départ.

Elle nous avait longuement fait signe par la vitre, puis Julien avait tourné sur le boulevard Saint-Germain. Je les avais suivis du regard, ému. J'avais moi-même des papillons dans le ventre.

J'étais à présent en route pour le bout du monde, j'allais rejoindre ma belle inconnue et mon cœur battait plus vite à chaque pas.

D'une certaine façon, j'étais heureux que Mlle Conti m'accompagne. Le léger clic-clac de ses talons avait quelque chose d'apaisant, de rassurant même ; il m'aidait à parcourir le chemin, même s'il ne devait pas être long.

Luisa Conti parlait maintenant d'un livre portant sur les trains célèbres qu'elle avait com-mandé au Bout du monde, et d'un voyage en Orient-Express qu'on pouvait toujours entre-prendre de nos jours. Je hochais poliment la tête, mais mes pensées gravitaient autour de choses bien différentes.

Je revoyais la femme blonde sur le quai de la gare de Lyon, les phrases de la dernière lettre de la Principessa faisaient surface devant mes yeux – des phrases auxquelles je pourrais bientôt associer une voix féminine. Se mêlaient à tout cela les propos enthousiastes de Luisa Conti évoquant un trajet Paris-Istanbul.

Je regardai l'heure à la dérobée. Trois minutes de plus s'étaient écoulées.

— C'est encore loin ? demandai-je.

— Non, on arrive, assura Mlle Conti.

Un soupir m'échappa, et elle secoua la tête avec un sourire amusé.

— Mais qu'est-ce qui vous arrive aujourd'hui, monsieur Champollion ? Je ne vous connais pas aussi nerveux. La librairie est ouverte jusqu'à dix-neuf heures, rassurez-vous.

J'avais le cœur si débordant d'émotions que ma langue me trahit alors.

— Ah, mademoiselle Conti, si vous saviez… Je ne veux pas acheter de livre, en fait, m'entendis-je dire avec effarement.

C'est sous les coups d'œil intéressés de la jeune femme en tailleur bleu que j'exposai ce que j'allais vraiment chercher là-bas. Les mots fusaient hors de ma bouche, et lorsque nous nous retrouvâmes devant le Bout du monde, cinq minutes plus tard, Luisa Conti était devenue ma meilleure amie.

— C'est d'un palpitant ! murmura-t-elle, lorsque je poussai la porte de la librairie. J'espère que vous trouverez votre bonheur.

Elle m'adressa un sourire complice puis se dirigea vers le fond du magasin, pour prendre possession du livre qu'elle avait commandé.

J'inspirai profondément et regardai autour de moi.

Le Bout du monde n'avait rien d'une librairie ordinaire. C'était un lieu enchanté.

Mes yeux se posèrent d'abord sur une statue – une réplique grandeur nature du David qu'on peut admirer piazza della Signoria, à Florence. Il y avait des canapés et des tables, autour desquelles on pouvait boire du café ou du thé issus du commerce équitable. Des étagères en bois sombre partaient à l'assaut des murs, les ouvrages précieux étaient conservés dans des bibliothèques vitrées d'un autre temps et des tableaux représentant des pays lointains, invitant au voyage, étaient accrochés aux rares endroits encore libres. On aurait cherché en vain, dans les grandes chaînes, les beaux livres exposés ici et là.

Mais le plus remarquable était l'odeur qui régnait : on se serait cru dans le Sud.

Je longeai les étagères, en sortis un livre – le récit d'un Anglais du dix-neuvième siècle qui décrivait son parcours sur le Nil – et le feuilletai tout en jetant des coups d'œil furtifs autour de moi.

Il n'y avait pas beaucoup de clients, et je n'avais pas encore découvert de Principessa. J'attendais sans cesse de consulter ma montre. Pour autant, malgré ma fébrilité, je n'étais pas totalement insensible à la magie et à la sérénité qui se dégageaient des lieux. La libraire, une femme âgée aux cheveux gris qui servait un étudiant vêtu d'un jean et d'un pull, derrière le comptoir ancien, m'adressa un sourire amical. «Prenez tout votre temps», voilà ce que son regard semblait dire.

Je continuai à déambuler en prenant le chemin de l'arrière-boutique.

J'y découvris avec étonnement une véranda. Il y avait, dans un coin, un vieux wagon pourvu de banquettes en velours rouge foncé. Sur l'une d'elles, une jeune femme à la chevelure tirant sur le roux était installée et lisait. Une petite fille portant dans ses cheveux détachés un énorme nœud blanc était appuyée contre elle. Toutes deux, sans doute une mère et sa fille, auraient pu servir de modèles à un charmant Renoir. Mais je ne connaissais ni l'une ni l'autre.

Dans l'autre coin se trouvait un grand canapé blanc garni de nombreux coussins. Au-dessus s'étendait une moustiquaire en lin clair, à côté se dressait un palmier élancé – on avait l'impression que le siège était placé dans une tente, au milieu du désert. Seulement, ce n'était pas Lawrence d'Arabie qui y feuilletait un livre, mais Luisa Conti.

Elle me regarda, l'air interrogateur, et je haussai imperceptiblement les épaules. Ensuite, je fis un autre tour dans la librairie. Lorsque le carillon retentit, je me tournai vivement vers la porte d'entrée. Mais ce n'était que l'étudiant qui sortait, une pile de livres sous le bras.


— Si je peux vous aider, n'hésitez pas, déclara l'aimable libraire vers dix-neuf heures moins le quart.

Je devais avoir l'air un peu bizarre à errer au milieu des rayonnages, l'air désemparé. Je rejoignais parfois le canapé blanc et j'échangeais quelques mots avec Luisa Conti, restée à ma demande.

Lorsque la jeune femme rousse et son enfant finirent par s'approcher de la caisse et qu'il ne resta plus qu'un homme âgé planté devant une étagère, sa canne à la main, je m'installai à côté de Luisa Conti, sur le canapé, et feignis de m'intéresser à son livre sur les voyages en train légendaires, écrit par le sympathique Patrick Poivre d'Arvor.

C'était un ouvrage dont les splendides illustrations m'auraient certainement plongé dans un ravissement sans bornes, à n'importe quel autre moment de ma vie.

Seulement, ce jour-là, assis près de Luisa Conti qui me regardait de temps à autre avec ses grands yeux, je balançais nerveusement mon pied d'avant en arrière et sentais presque physiquement chaque minute qui s'écoulait.

Mon cœur pesait de plus en plus lourd dans ma poitrine.

Ensuite, le vieux monsieur lança lui aussi gaiement son «Au revoir», le carillon sonna une dernière fois, il était dix-neuf heures et la Principessa n'était pas venue.

Ma gorge se noua.

— Bon, fis-je en fixant Luisa Conti d'un regard de grand blessé. Fin de l'histoire, j'imagine.

Je tentai de sourire, une tentative si pitoyable que Mlle Conti prit ma main.

— Ah, Jean-Luc! dit-elle seulement, et ses doigts caressèrent le dos de ma main.

Je baissai les yeux et considérai cette menotte blanche qui cherchait à me consoler. Une légère traînée d'encre courait sur le majeur droit, une vision qui manqua m'émouvoir aux larmes.

— Elle peut encore venir, avança Luisa Conti à voix basse.

Je pressai les lèvres et secouai la tête. Puis je me redressai et essayai de chasser ma douleur.

— Bon, fis-je une nouvelle fois, avant de jeter un coup d'œil malheureux à Mlle Conti. Avez-vous des projets, ce soir?

Après tout, une soirée avec Mlle Conti était la deuxième des meilleures choses qui pouvaient m'arriver.

Luisa Conti parut hésiter.

— En fait, j'ai rendez-vous, annonça-t-elle finalement, et son visage adopta une expression rêveuse.

Une pensée cuisante surgit dans mon crâne.

*Mais bien sûr… Tout le monde ici a droit à son* happy end, *sauf moi.*

Je vis se matérialiser devant mes yeux la silhouette féline de Karl Bittner. J'eus un rire amer.

— Eh bien, j'espère que l'heureux homme sera ponctuel, au moins, tentai-je de plaisanter.

Luisa Conti sourit.

Je regardai le sol, puis relevai les yeux.

Luisa Conti me souriait toujours. Elle ôta lentement ses lunettes et je vis ses prunelles bleu saphir, qui avaient l'éclat d'un lac paisible et profond. Je vis son petit nez droit, sa peau translucide ponctuée de minuscules taches de rousseur, sa bouche rouge cerise délicatement ourlée, et soudain je sus.

Le monde bascula; brusquement, un cyclone faisait rage dans mon cœur, les images se télescopaient dans ma tête.

L'encre sur le doigt, la malencontreuse collision, la porcelaine brisée, «Le bonheur était éloigné d'un battement de cils», «Vous me connaissez et ne me connaissez pas», «Ce nez ferait-il obstacle à vos baisers?».

Marie-Louise O'Murphy, Louise, Luisa.

Luisa, qui s'était trouvée sur ce quai de la gare de Lyon, dans une robe d'été rouge gonflée par le vent, Luisa, qui voyait tout depuis son bureau de la réception, Luisa, qui avait glissé le billet courroucé dans la poche de mon manteau et m'avait tellement ulcéré avec ses remarques que j'aurais aimé la secouer.

Luisa, qui m'avait écrit toutes ces lettres magnifiques et qui savait où se trouvait le Bout du monde.

— Mon Dieu… Luisa! murmurai-je, la voix tremblante.

Je pris son visage entre mes mains.

— Es-tu celle que j'attends?

Je me perdis dans ces yeux insondables, je convoitai cette bouche délicate, puis – qu'on me pardonne – je n'attendis pas le signe d'assentiment de Mlle Luisa Conti.

Je l'attirai contre moi avec une certaine impétuosité, et lorsque nos lèvres se rencontrèrent et que je trouvai sa petite langue pointue, je me dis, stupidement : *C'est drôle, j'ai toujours voulu une blonde, et me voilà avec une brune.*

Ensuite, je cessai de penser.

Ce baiser, auquel j'avais aspiré avec une ardeur jamais éprouvée, ce baiser, préparé depuis si longtemps d'une main de velours, ce baiser, le plus beau que j'aie vécu, ne voulait pas finir. Il était parfait. Le Duc avait enfin rejoint sa Principessa. Sous une moustiquaire, quelque part rue du Bac, deux amoureux s'accordaient une pause en dehors du temps.

Si Aristide n'avait pas appelé, on nous aurait peut-être oubliés au Bout du monde. Tout simplement. La libraire aurait éteint la lumière, fermé la librairie, et nous ne l'aurions même pas remarqué.

Le téléphone sonnait toujours. Nous nous séparâmes à contrecœur, et je sortis mon portable.

— Oui, qu'est-ce qu'il y a ? demandai-je, à bout de souffle.

— Jean-Luc, ça y est ! Je tiens l'affaire ! s'exclama mon ami, dans tous ses états.

Des mots qu'avait peut-être prononcés mon célèbre ancêtre en déchiffrant enfin, dans la chaleur égyptienne, les inscriptions de la pierre de Rosette.

— Je suis revenu sur une phrase présente dans la première lettre de la Principessa, et cette phrase, tiens-toi bien, est tirée textuellement d'une nouvelle de Barbey d'Aurevilly, *Le Rideau cramoisi*. Sais-tu qui avait ce recueil sur son bureau ? Tu ne devineras jamais !

Aristide marqua une pause destinée à entretenir le suspense, et j'écartai une mèche de cheveux du visage de Luisa. Le bruit minuscule qu'elle fit lorsque, n'y tenant plus, poussé par une tendre impatience, j'effleurai sa bouche de mes lèvres, n'appartenait qu'à moi.

— C'est Luisa Conti ! Luisa Conti est la Principessa !

Aristide avait crié si fort que Luisa l'entendit aussi.

Je m'écartai d'elle un instant, et nous échangeâmes un sourire de conspirateurs.

— Je sais, Aristide, je sais.

## LE MOT DE LA FIN

Les personnages et l'intrigue de ce roman sont purement fictifs.

Si toutefois ils devaient évoquer quelque chose à l'un ou l'autre de mes lecteurs, c'est peut-être parce que l'histoire relatée ici est vraie. Elle s'est réellement passée, plus ou moins comme ceci. Il n'est pas toujours besoin de partir au bout du monde pour trouver son bonheur.

Les décors de ce roman, les cafés, les restaurants, les bars et les hôtels existent aussi réellement.

Le Duc de Saint-Simon a changé de propriétaire. À ma connaissance, il n'a jamais accueilli aucune exposition, et il n'est malheureusement plus possible d'y acquérir la belle vaisselle portant le nom désuet d'« Impératrice Eugénie ». Cependant, quand on prend son petit déjeuner dans sa chambre, il arrive encore, de temps à autre, qu'on trouve sur le plateau en argent un pot à lait ou une grande tasse de cette collection.

Le bout du monde s'appelle en réalité Du Bout du Monde, et on n'y trouve pas de livres… mais des trésors rapportés de toutes sortes de pays. Cette ravissante boutique située rue du Bac fait cohabiter, dans un charmant désordre, meubles, statues, porcelaine blanche à têtes d'ange et volières anciennes.

Tout au fond, une fois arrivé dans la véranda, on trouve, près d'un palmier qui atteint presque le toit en verre laissant voir le ciel, un grand canapé blanc moelleux. Au-dessus s'étend une moustiquaire en lin épais, créant l'illusion d'une tente magique.

Vous vous demandez comment je le sais avec autant de précision ?

Eh bien… Je me suis moi-même assis sur ce canapé.

Avec la Principessa de mon cœur.

# MERCI

Les artistes ne sont pas les seuls individus très particuliers. Les écrivains peuvent aussi mettre la patience de leurs semblables à rude épreuve avec leur perpétuel exercice de funambule, entre euphorie totale («Ce roman va être génial!») et doute absolu («C'est de la merde!»).

Je voudrais remercier ma famille et mes amis de m'avoir supporté pendant ce temps... hors du temps. Vous avez été fantastiques!

Qu'aurais-je fait sans vos égards, votre patience et vos encouragements?

J'adresse également des remerciements spéciaux à mon éditeur allemand qui, un matin, au cours d'un échange stimulant dans mon café préféré, m'a donné l'idée d'écrire ce livre. Sans lui, la Principessa et le Duc seraient restés au fin fond de mon secrétaire – et ce serait plus que dommage!

Nicolas Barreau
dans Le Livre de Poche

*Le Sourire des femmes*                    n° 33619

Le hasard n'existe pas ! Aurélie, jeune propriétaire d'un restaurant parisien, en est convaincue depuis qu'un roman lui a redonné goût à la vie après un chagrin d'amour. À sa grande surprise, l'héroïne du livre lui ressemble comme deux gouttes d'eau. Intriguée, elle décide d'entrer en contact avec l'auteur, un énigmatique collectionneur de voitures anciennes qui vit reclus dans son cottage. Qu'à cela ne tienne, elle est déterminée à faire sa connaissance. Mais l'éditeur du romancier ne va pas lui faciliter la tâche… Au sein d'un Paris pittoresque et gourmet, *Le Sourire des femmes* nous offre une comédie romantique moderne, non sans un zeste de magie et d'enchantement.

Le Livre de Poche s'engage pour l'environnement en réduisant l'empreinte carbone de ses livres. Celle de cet exemplaire est de : 300 g éq. CO$_2$ Rendez-vous sur www.livredepoche-durable.fr

PAPIER À BASE DE FIBRES CERTIFIÉES

Composition réalisée par Datamatics

Imprimé en France par CPI
en octobre 2015
N° d'impression : 3014285
Dépôt légal 1re publication : novembre 2015
LIBRAIRIE GÉNÉRALE FRANÇAISE
31, rue de Fleurus - 75278 Paris Cedex 06